LICHT AM ENDE DES TUNNELS

Für Michael »Bossi« Bossert

GERD EGELHOF

LICHT AM ENDE DES TUNNELS

ERZÄHLUNG

Bibliografische Information der Deutschen Nationalbibliothek:
Die Deutsche Nationalbibliothek verzeichnet diese
Publikation in der Deutschen Nationalbibliografie; detaillierte
bibliografische Daten sind im Internet über
< http://dnb.d-nb.de > abrufbar.

© 2007 Gerd Egelhof
Satz, Umschlaggestaltung, Herstellung und Verlag:
Books on Demand GmbH, Norderstedt
ISBN: 978-3-8334-8411-7

»Goodnight, my angel, time to close your eyes, and
save these questions for another day.«
Billy Joel, Greatest Hits, Volume III

Mauritz hat aufgehört, sich eingehender mit Menschen zu beschäftigen. Das kam ganz plötzlich über Nacht und mit einer Endgültigkeit, dass er erst dachte, er müsste sich dafür schämen. Er kann doch nicht einfach aufhören, sich für Menschen zu interessieren, wo Mutter immer sagte, man müsse schauen, dass man unter die Menschen gehe, um seine Probleme zu vergessen.

Bei Mauritz entstehen sie erst, wenn er unter Menschen geht. Er nimmt einen ganz normalen Tag, einen von den rund 28 000, die dem höchsten Wesen der Schöpfung durchschnittlich auf dieser Erde vergönnt sind.

Schon beim Aufstehen wird ihm schlecht, da er weiß, dass er die Hetzjagd der anderen nach Erfolg, Ruhm und Geld wieder miterleben muss. Erst einmal geht er duschen, dass er ordentlich riecht, wenn er ihnen begegnet.

Den einen Menschen, der ihn noch interessiert, diese kleine, süße, hübsche Studentin Katja mit den braunen Brauselocken, die er immer im Café sieht, konnte er bisher nicht für sich gewinnen.

Als Germanistikstudentin strebt sie nicht nach Erfolg, Ruhm und Geld. Nicht im klassischen Sinne jedenfalls. Erfolg heißt ja, so einen Deal zu machen, der die Welt revolutioniert, Ruhm, dafür die Anerkennung zu bekommen und Geld, den dafür angemessenen Betrag auf seinem Kontoauszug auf der Habenseite verbucht zu sehen. Sie strebt nach geistigen Werten, die »Vernunftmenschen« kaum interessieren. Kant gelesen zu haben und sapere aude zu kennen wird sie nicht davor bewahren, dass sie sich von ihrer Freundin Nicole, der Erzieherin, im Café weiterhin manch dummes Zeug anhören muss.

»Lass dein Portemonnaie stecken, ich zahl für dich. Hast ja eh kein Geld«, hatte Nicole das letzte Mal zu Katja gesagt, als Mauritz die beiden im Citycafé sah.

Als Schriftsteller war ihm Katja als Studentin natürlich wesentlich sympathischer. Außerdem ist Nicole nicht gut aussehend. Mauritz mag sie gar nicht beschreiben. Lohnt sich nicht.

Den Kampf gegen die Eitelkeit hat er gewonnen. Er zieht irgendeine Hose und ein Hemd aus dem Schrank, stülpt die Docks über seine Füße, hängt sich die Lederjacke um und geht zum Bahnhof. Er muss sich einige Informationen über einen Verlag besorgen, und seine Lieblingsbuchhandlung liegt 20 km von seinem Wohnort entfernt.

Er betritt die S-Bahn und das Erste, was er sieht, sind zwei Rentner. Sie versperren ihm mit ihren Fahrrädern den Weg.

»Geht's?«, fragt der eine wenigstens, als Mauritz passieren möchte.

»Ja«, sagt Mauritz.

Noch lacht Mauritz. Als sie beginnen, Mist zu reden, ist sein Lächeln plötzlich weg. Mist muss man bei manchen Rentnern nicht genauer definieren. Er beschränkt sich auf drei Themengebiete. Geld haben, ferne Reiseziele abgleichen und Sex.

Mauritz denkt manchmal, dass er nicht so alt werden möchte wie diese Rentner. Er hat die Befürchtung, dass er auch so wird wie manche von ihnen. Es gibt auch nette, freundliche Rentner, und das gibt ihm Hoffnung.

Mauritz hatte immer daran gedacht, wie James Dean mit 24 Jahren ums Leben zu kommen. Mit seiner grünen »Rostlaube«, bei der man die Aufschrift der Automarke wegen des Rostes nicht mehr sieht, in eine Leitplanke rasen. Und tschüs und aus und weg.

Jetzt ist er 30 Jahre alt geworden und hat die kritische Phase durchgestanden, diesen ganzen Liebeskummer, Schwierigkeiten in der Schule, am Arbeitsplatz und was einem jungen Mann sonst noch zusetzen kann. Johnny Depp, der große Hollywoodstar, hat auch einmal geäußert, dass er sich nicht vorstellen konnte, jemals dreißig zu werden. Nun ist er 44, ist mit Vanessa Paradis zusammen, hat mit ihr Nachwuchs und verdient pro abgedrehten Film Höchstgagen.

Schön für ihn.

Vielleicht sollte sich Mauritz auch so eine Vanessa Paradis anlachen. Katja sieht ihr erst noch ähnlich. Sie ist ganz der Typ Kindfrau, mit ihrem zierlichen Körper und dem hübschen Gesicht.

Mauritz muss ihr Herz erobern, und zwar im Sturm, sie davon überzeugen, dass sie auf einem Bauernhof leben, Schafe züchten, Hühner füttern, sich zweimal am Tag lieben und den Herrn einen guten Mann sein lassen. Irgendwie so stellt er es sich vor. Dream on, man.

Die Frage beschäftigt Mauritz, warum jemand wie er zu solch einer Einstellung kommt, sich nicht mehr für Menschen zu interessieren. Ist das nur eine

Phase oder wird es anhalten? Wird er irgendwann als Rulaman in einer Höhle enden, wo sein einziger Freund ein schlauer Fuchs sein wird, der die Höhle mit seinem Bau verwechselt hat? Mal sehen, wie es weitergeht.

Mauritz ist bei seiner Lieblingsbuchhandlung angekommen. Sie haben eine Vollkraft eingestellt, die nicht Bescheid weiß. Unüblich für seine Lieblingsbuchhandlung, dass eine Angestellte nicht weiß, wo die Verlagsprospekte sind.

»Wir haben keine da«, sagt sie verlegen und grinst.

Mauritz merkt, dass sie ihn belügt. Sie hat sich nicht einmal die Mühe gemacht, suchen zu gehen. Jede Buchhandlung hat Verlagsprospekte für ihre Kunden zum Mitgeben. Mauritz war selbst einmal Buchhändler. Er weiß das.

»Macht nichts«, sagt er und grinst zurück.

Mauritz geht. Draußen hat es angefangen zu regnen und er hat keinen Regenschirm. Gut, dass er kein Verlagsprospekt mitbekommen hat. Es wäre sowieso nur nass geworden. Eine Tüte hätte die Tussie bestimmt nicht auftreiben können, mit ihrem Engagement. In der Regel machen das die Kassenfrauen. Die Kasse war jedoch unbesetzt.

Adieu, Lieblingsbuchhandlung. So schnell siehst du Mauritz nicht wieder. Früher, als er noch für alles Verständnis hatte, wäre er noch fünfmal reingelatscht und hätte nachgefragt. Die Buchhändlerin hätte weitere fünfmal gesagt, dass keine Verlagsprospekte mehr da sind, und er hätte weitere fünfmal gesagt, dass es ihm nichts ausmache.

Es macht aber etwas aus. Mauritz hat einen Roman geschrieben, seinen ersten, und er hätte das Verlagsprospekt dringend gebraucht, um zu wissen, ob er sein Manuskript zu diesem Verlag schicken kann. Er weiß auch nicht mehr alles von früher, als er noch Buchhändler war.

Das ist schon lange her. So ungefähr vor einem Jahr haben sie ihn nicht mehr brauchen können. Es gab irgendeinen Grund, den er nicht weiß. Kompetent und freundlich war er jedenfalls, so wie die anderen, die dort ganz normal arbeiteten und ihr Geld verdienten. Die Neue in seiner Exlieblingsbuchhandlung ausgenommen. Es ist Mauritz eh ein Rätsel, wie sie in den Buchhandel kommt. Das ist so eine Tussie, die vom Leben nicht viel fordert. Ein bisschen etwas optisch darstellen, ein bisschen in der Gegend herumlügen, um ihre Wissenslosigkeit zu kaschieren, einen Typen suchen, der bereit ist, ihr ein Haus hinzustellen, heiraten, Kinder bekommen und ein bisschen Spaß haben beim Foxtrott in der Disco. Das ist normal. Da fällt sie nicht aus dem Rahmen. Da lässt man sie in Frieden. Dieser Tussie kann das Leben keine Höhen, aber auch keine Tiefen anhaben. Sie wird es durchziehen bis zum Ende, ohne sich groß zu verändern. Dessen ist sich Mauritz sicher.

Manche Menschen werfen ihm vor, nicht zu wissen, worum es im Leben geht. Geld verdienen und Verantwortung haben sei das Wichtigste, sagen sie. Sie heißen Horst, Heinz oder Hermann, haben keine gute Bildung, nie ein Buch wirklich gelesen, in der Lehre ein paar Grundregeln gelernt, irgendwann Rita oder Erika vom Fließband weg geheiratet, ein

Haus gebaut, Kinder gezeugt, und sind 50 Jahre lang fleißig gewesen.

Sie meinen, Lebenserfahrung ohne Ende zu haben, vergleichbar mit dem Empire-State-Building, wenn man es als Baukomplex sieht.

Ihr Lebensentwurf ist in Ordnung, er ist jedoch nur einer von Tausenden, die alle Berechtigung haben. Überlegenheitsgefühle sind unangebracht.

Das Wort hat ebenfalls eine große Verantwortung. Nicht umsonst werden Bücher verbrannt, wenn der Mensch seine übelste Fratze zeigt, was man Krieg nennt. Wenn die Deppen wie hirnlose Zombies alles niedermetzeln, was ihnen in die Quere kommt. Frauen und auch Kinder.

Im Regen stehend, überlegt sich Mauritz kurz, ob er es noch in einer anderen Buchhandlung wegen der Verlagsprospekte versuchen soll. Er entscheidet sich dagegen und fährt mit der S-Bahn zurück nach W. in seine Wohnung.

Dort gibt es genug zu tun. Geschirr spülen, das Bett machen, die herumliegenden Socken aufräumen …

Mauritz muss das alles selbst machen. Sein Vater sagt immer, er solle sich eine Frau suchen, die das für ihn erledigt. Ist nicht mehr drin heutzutage, wo Wörter wie »Emanzipation« und »Gleichberechtigung« von Männern mit fettigen, nach hinten gekämmten Haaren und Hornbrille nicht mehr mit einem schwarzen Filzstift aus dem Duden zu streichen sind. Die Katze im Sack zu kaufen ist unmöglich geworden, seit Dolly Buster weiß, wie man Ostereier richtig ausbläst.

Die Sonne steht im Zenit. Zwölf Uhr mittags. Mauritz hat Hunger und sorgt dafür, dass etwas in seinen Magen kommt. Eine Fünf-Minuten-Terrine bis zum perforierten Rand mit Wasser auffüllen, vier Minuten warten und eine essen. Das nennt er McDonalds-unabhängiges Home-Fastfood.

Nach dem leckeren Essen legt er sich auf das Bett, was er immer macht, wenn es draußen regnet und ihm die Ideen fehlen, um etwas Vernünftiges zu schreiben. Einige Gedichte, eine Kurzgeschichte oder einen Roman.

Kurz vor 20 Uhr wacht Mauritz wieder auf. Das war mehr als ein Mittagsschläfchen. Er schaltet den Fernseher ein. Die Tagesschau kommt. Er hofft, dass Ellen Arnhold spricht, und hat Glück. Er findet sie richtig spitze. Sie hat perfekte Katzenaugen und liest super.

Es ist 20.15 Uhr. Gib ihm nochmals einen Blick, schau ihm ein letztes Mal in die Augen, Kleines, auch wenn du das Leuchten in seinen Augen nicht sehen kannst, süße Ellen.

Noch ein Schluck Selters und Mauritz döst vollends hinüber. Für Biolek reicht seine Kondition nicht mehr, obwohl er den ganzen Nachmittag lang geschlafen hat. Hätte er lieber einen Schluck aus der Jack-Daniels-Flasche nehmen oder eine Schachtel Zigaretten rauchen sollen? Das erwartet man doch von einem Schriftsteller, oder nicht?

Mauritz säuft und raucht nicht, hat keine Frauengeschichten und auch sonst kein Laster. Es muss ja nicht jeder »normal« sein.

Bevor er sich seinen Träumen widmet und sein Über-Ich über sein Ich triumphiert, knipst er das Licht aus. Gute Nacht und süße Träume.

Der nächste Tag klopft an, und Mauritz kann nicht sagen, hau ab und bleib mir vom Hals. Mauritz' Magen knurrt und verlangt nach einem Marmeladebrot und einer Tasse Kaffee. Sein Atem ist muffig von der Nacht. Es wäre gut, wenn die Borsten einer Zahnbürste ein kleines Tänzchen um seine Zähne herum veranstalten würden. Duschen ist auch wieder angesagt, da er letzte Nacht einige Schweißausbrüche gehabt hat. Mauritz beschließt aufzustehen. Er tut es für sich, für wen sonst? Eigentlich sollte man das meiste im Leben für sich tun. Wenn man anderen helfen kann, so würde Mauritz das den Optimalfall nennen.

Bei der Liebe sieht er es anders. Als letzter »Mohikaner der Liebe« sind Sehnsüchte in ihm, mit einer Frau zu verschmelzen. Mauritz behält sie für sich. Man kann so etwas heutzutage wenigen erzählen, ohne milde belächelt zu werden.

Am Männerstammtisch nach dem Sport muss man als Mann mit beruflichen Erfolgen aufwarten, um etwas darzustellen, über Jobsharing und Replacement Bescheid wissen. Da kann Mauritz als Schriftsteller nur im Eck sitzen und die Ohren spitzen.

Im Literaturkurs ist man über ihn erfreut, da der einzige Mann ist. Um die Gunst eines Exoten zu buhlen, bereitet Frauen immer eine gewisse Freude. Die Damen respektieren ihn, ab und zu kann Mauritz mit der einen oder anderen anschließend ein Glas Wein trinken gehen. Im Bett wollen sie jedoch keine Männer haben, die sich mit dem Thema »Kindheitsmuster« befassen und Romane von Christa Wolf, Roddy Doyle oder Hermann Hesse lesen. Da wollen sie den Kontrast, den Gegensatz, das Animalische, die »Affen« mit den Haaren auf der Brust, die ruhig dreimal pro Woche ins Fitnessstudio gehen dürfen, um ihre Luxuskörper zu stählen, damit das Frauchen zufrieden ist mit dem Männerbody.

Erstmal den Fernseher anmachen und schauen, wie das Wetter wird, und im Videotext einblenden, wie hoch die Einschaltquote beim Biolek war. Aha, 2,3 Millionen. Da haben sie Mauritz als Zuschauer wirklich nicht mehr gebraucht. Kurz wechselt Mauritz noch auf MTV, aber da schon wieder die Melodic-Version von Metallicas »Nothing else matters« läuft und man meinen könnte, James Hetfield sei der neue Karajan, schaltet Mauritz wieder ab. Metallica soft ist ähnlich gewöhnungsbedürftig wie Cola light.

Da spielt Mauritz lieber seinen eigenen DJ. Er schiebt die neue Nina Hagen in den CD-Player. Diese »Return of the mother« kann er akzeptieren, während er seine Mutter jetzt nicht ertragen könnte, wenn sie vor der Tür stehen würde, um zu schauen, ob ihr Bub auch etwas Vernünftiges isst oder seine Fenster artig putzt.

Gegen 10 Uhr ist Mauritz bereit für die große weite Welt da draußen. In Stuttgart ein bisschen flanieren, neben ein paar »Outlaws« auf einer Staffel sitzen, an die hübschen Bankerinnen mit den Röcken, die deswegen anständig sind, weil sie die dem Berufs-bild angemessene Länge haben, und den schwarzen Strümpfen, ein Lächeln verschwenden. Die wenigs-ten lächeln, sich der Ernsthaftigkeit und Wichtigkeit ihres Tuns bewusst, zurück. Ein wenig shoppen ge-hen, ohne groß etwas zu kaufen, beim Mc Donalds eine Runde Chicken Mc Nuggets essen.

Auf den Treppen sitzend hat Mauritz plötzlich eine komische Idee im Kopf. Mit dem nächsten Zug nach Frankreich fahren und Charlotte Gainsbourg, die Tochter von Jane Birkin und dem verstorbenen Serge Gainsbourg, suchen. Wenn er diese »kleine Göttin« gefunden hätte, würde er sie zum Kaffee einladen und später mit ihr auf dem Montmartre schön Liebe machen und dabei ihre reizvollen kleinen Brüste liebkosen.

Es ist alles nicht so einfach, seit Anette Mauritz verlassen hat. Sie hatten ein halbes Jahr lang das versucht, was man im Allgemeinen unter Beziehung versteht. Mit der großen Liebe und zweimal am Tag miteinander schlafen hatte alles angefangen, und nach einem halben Jahr war ihre Beziehung am Ende.

Anette hat Peter kennengelernt, einen angehenden Mediziner, und sich wahnsinnig in ihn verliebt. Neulich hat Mauritz die beiden in ihrem Golf Cabrio zusammen gesehen. Sie saß am Steuer und als sie ihn sah, zuckte sie zusammen und versuchte, ihren Kopf unterm Lenkrad zu verstecken. Mauritz kam die Textzeile »Ich hoffe, dass ich euch beide nie zusammen seh'« aus »Verpiß dich« von Tic Tac Toe in den Sinn. Seit seinem 30. Geburtstag bildet er sich ein, die Sache mit dem Liebeskummer hinter sich gelassen zu haben.

Es tut weh, wenn man glückliche Paare Hand in Hand über die Königstraße schlendern sieht, mit je einem Eis in der Hand, und jeder darf vom Eis des anderen lecken. Natürlich reden die Verlassenen sich immer ein, dass das Glück der anderen sowieso nur gespielt ist, und beziehen sich auf irgendwelche Statistiken aus Zeitungen, nach denen jedes dritte Paar nach einer gewissen Zeit, die es miteinander verbracht hat, auseinandergeht.

Ehrlicher wäre es, den Schmerz zuzulassen und ihn zu überwinden, anstatt sich dauernd selbst zu belügen. Wer gibt schon freiwillig zu, dass er leidet. Wir warten so lange damit, bis der Nachbar oder ein kleines Kind uns ins Gesicht sagen, wie scheiße wir aussehen.

Die S-Bahn zurück nach W. ist voll mit diesen »Ich-habe-für-heute-die-acht-Stunden-hinter-mich-ge-bracht-und-freue-mich-auf-den-Feierabend-Ge-sichtern«. Manchmal denkt Mauritz für einen kurzen Augenblick daran, wieder zu ihnen gehören zu wollen. Seiner Wertigkeit als Mensch würde es allerdings keine Hausse verschaffen, auch wenn das die Arbeit Suchenden immer beschreiben, wenn sie plötzlich wieder einen Job haben. Alle sind wieder nett zu mir, meine Kinder sagen wieder »Guten Abend, Daddy«, weil sie in der Schule nicht mehr wegen ihres Arbeit suchenden Vaters gehänselt werden, meine Frau hat auf einmal keinen Migräneanfall mehr, wenn ich mit ihr schlafen will, die Nachbarn grüßen wieder freundlich. Ich bin wieder etwas wert.

Mein lieber Exarbeitsuchender, frag dich mal, ob du es je schaffen wirst, in dir selbst eine Wertigkeit aufzubauen.

Nächster Halt: W.

Endlich. Mauritz ist wieder hier, in seinem Revier, noch immer sein eigener Held, und hat wenig Geld.

Mauritz sitzt in seiner Wohnung. Der Tag geht langsam zu Ende, der Lautstärkepegel einer Stadt tendiert gegen »merklich leiser«. Mauritz fühlt sich einsam. Was kann er dagegen tun? Ins Kino gehen und den »Happy-Hippo-Freizeit-die-Welt-ist-immer-schön-Menschen« beim Sichamüsieren zuschauen? Einmal Blickkontakt mit der schönen Frau, die neben ihm sitzen, mit Popcorn rascheln und das Cola langsam, nahezu provozierend, durch die Speiseröhre ihres wundervollen Halses laufen lassen wird, und die er nie haben kann, aufnehmen? Nein, das tut er sich nicht an.

Irgendetwas muss er machen, bevor ihn das Selbstmitleid vollends die Toilette runterspült. Der nächste Griff geht zum Telefonhörer, wie bei einer 80-jährigen, bettlägrigen Oma, für die das Telefon die »Letzte Ausfahrt Brooklyn« darstellt. Ganz oben auf der Liste seiner Bekannten, Freunde hat Mauritz für den Moment keine, steht immer noch Anette. Er nimmt einen fetten Edding zur Hand und streicht sie endgültig aus seinem Leben.

Vielleicht ruft er Jürgen an. Sie wollten doch schon lange einmal zusammen Badminton spielen gehen. Da fällt ihm ein, dass er ihn kürzlich mit einer neuen Flamme auf der Straße gesehen hat. Natürlich hat sich Mauritz unsichtbar gemacht. Was wäre das für eine Schmach gewesen, zugeben zu müssen, dass ihn Anette verlassen hat? Mauritz ruft besser nicht an. Da wäre noch Bettina aus dem Literaturkurs. Sie ist auch neu verliebt, wie sie Mauritz das letzte Mal erzählt hat. Und dann hört die Liste schon auf. Wie arrogant, dass Mauritz den Plural benutzt hat für die

Anzahl der Menschen, die in seinem Notizblöckchen übriggeblieben sind. Na ja, immerhin waren es zwei, und wenn er Anette als Streichergebnis betrachtete, würde sich der Plural auch damit einverstanden erklären, benutzt zu werden.

Jetzt ist klar, dass ihn eine Telefonaktion auch nicht retten wird. Einmal kurz mit der Fernbedienung durchzappen und dann ist Feierabend. Ab ins Bett. Schlafen und die Hoffnung nicht aufgeben.

Mauritz erwacht am nächsten Morgen und nimmt sich vor, dem Tag positiv zu begegnen, ihm zu sagen, hey, Tag, ich habe keine Angst vor dir, du kannst kommen. Heute ist es ein bisschen später als sonst, bereits 11 Uhr, als Mauritz aufsteht. Ist auch okay, dann kann er gleich schauen, ob der Briefträger etwas gebracht hat. Er spurtet die Treppen hinunter, insgeheim hofft er, dass irgendeiner von den großen Verlagen, die er angeschrieben hat, ihm eine positive Antwort zukommen lässt.

Die Absagen gehen in etwa so, wobei man dabei gute, im Sinne von glaubwürdig, und schlechte Absagen unterscheiden muss:

Gute Absage (Verlag A)

Sehr geehrter Herr Lamprecht,

schönen Dank für Ihr Schreiben vom … und das Manuskript. Herr K. hat es sich gerne angesehen, konnte sich aber nicht zur Veröffentlichung entschließen.

Wir haben ja nur ein begrenztes Programm (rund 20 neue Bücher im Jahr) und eh schon mehr Titel auf der Warteliste, als uns lieb sind.

Wir danken Ihnen, dass Sie für die Publikation Ihrer Arbeit auch an uns gedacht haben und senden Ihnen das Manuskript als Anlage zurück.

Mit freundlichen Grüßen
XXX

Schlechte Absage (Verlag B)

Sehr geehrter Herr Lamprecht,

haben Sie Dank für die Zusendung Ihres Manuskripts. Leider sehen wir keine Möglichkeit, Ihre Arbeit im Rahmen unseres Programms zu veröffentlichen. Bitte haben Sie Verständnis, dass wir unsere Entscheidung nicht näher begründen. Bei der Vielzahl von Angeboten, die wir täglich erhalten, ist uns dies schon aus Zeitgründen nicht möglich.

Wir wünschen Ihnen an anderer Stelle mehr Erfolg und geben Ihnen anbei Ihr Manuskript mit bestem Dank zurück.

Mit freundlichen Grüßen
XXX

Eine Zusage stellt sich Mauritz so vor:

Sehr geehrter Herr Lamprecht,

herzlichen Dank für die Einsendung Ihres Romanmanuskripts. Nach eingehender Prüfung konnte sich unser Herr Prüfax dazu entschließen, Ihrem Roman die Chance zu geben, verlegt zu werden. Genaueres über die Bedingungen erfahren Sie noch in einem ausführlichen Schreiben von uns. Eines vorweg: Ihr Roman wird in einer Auflage von 100 000 Exemplaren auf den Buchmarkt kommen und 12 € kosten.

Mit freundlichen Grüßen
XXX

Da im Briefschalter nur ein Werbeprospekt ist, nichts mit einer Zusage eines größeren Verlags, stellt sich Mauritz trotzdem vor, was er jetzt tun würde, wenn der Fall der Fälle eingetroffen wäre. Erstmal das Geld berechnen, das auf sein hungerndes Bankkonto käme. Eine Auflage von 100 000 bei einem Preis von 12 €. Das macht einen Umsatz von 1,2 Millionen. Der Autor bekommt in der Regel 10 %. Also bekäme Mauritz 120 000 Euro. Damit könnte er die Forderung anderer nach einem soliden Leben in den Wind schlagen. Das Amt würde ihn in Ruhe lassen und er könnte sich noch intensiver um seine Arbeit kümmern. Wahrscheinlich bekäme er Einladungen zu niveauvollen Talkshows. »Nachtcafé« mit Wieland Backes oder »N3-Talkshow« mit Giovanni di Lorenzo und Amelie Fried.

Mauritz müsste auf Lesereise, vermutlich durch ganz Deutschland. Sein Leben würde sich verändern und er wäre bestimmt glücklich mit ihm.

Da es noch nicht so weit ist, muss er weiterarbeiten. Schreiben, schreiben, schreiben, was das Zeug hält und Verlage damit bombardieren. Mauritz hat sich den Vinz-Olzog-Hacker zugelegt, ein Standardwerk, in dem alle deutschsprachigen Verlage dokumentiert sind. Braucht er keine Tussie in irgendeiner Buchhandlung mehr. Wie bedauernswert der Mensch doch sein kann, wenn er den Lauf der Zeit nicht kapiert.

Obwohl Mauritz im Café Beachtung bekommt, kommt ihm der Roman von Elizabeth Dunkel »Der Fisch ohne Fahrrad« in den Sinn. Die Frauenbewegung wollte mit dem alten Vorurteil aufräumen, eine Frau ohne Mann sei nichts wert. Da die Frauen mittlerweile Gott sei Dank emanzipiert sind, kommt Mauritz sich ohne Anette vor wie ein Karpfen ohne Teich.

Mauritz fragt sich, ob er sich jetzt als Mann emanzipieren muss. Okay, emanzipiert er sich halt mal kurz. Gut, es war schön mit Anette, ab und zu, relativiert er gedanklich, aber eigentlich ist er sich selbst so viel wert, dass er ohne sie leben kann. Er genügt sich selbst.

Er vermisst es überhaupt nicht, in ihren Haaren zu wuscheln, von ihr einen fünfminütigen Zungenkuss zu bekommen, dass seine Knie schwach werden wie jene von Joschka Fischer nach einem Marathonlauf.

Funktioniert nicht, da die Enttäuschten, die sich selbst genügen, zu erwachsen sind.

Natürlich ist es vernünftig, um nicht vor die Hunde zu gehen, sich ein Lösungsmodell des Problems zurechtzulegen. Dieses kann für die Pragmatiker nur heißen, sich auf sich selbst zu besinnen. Dann setzen sie wieder Prioritäten, haben neue berufliche Ziele, neue Frisuren, neue Hobbys, Putzfimmel, hocken stundenlang vor dem Computer und surfen im Internet. Arbeit als Therapie der Seele. Da müssen sie keine Selbstanalyse machen.

Mauritz kann ja mal schnell eine versuchen. Also, lieber verlassener Mann, warum hat dich wohl diese Anette verlassen? Du hast fünf Minuten Zeit, dass du selbst drauf kommst. Oder willst du etwa in Frage stellen, dass sie dich zu Recht verlassen hat?

Okay, Mauritz hat nicht viel Geld, konnte Anette selten zum feudalen Fünf-Gänge-Menü einladen oder ihr etwas schenken. Der Versorgeraspekt. Mauritz wird als Schriftsteller nicht das Ansehen eines Mediziners haben. Der Sozialstatus. Sein Auto ist selten sauber geputzt. Der Reinlichkeitsfaktor. Sein Kühlschrank ist immer halb leer. Der Selbstversorgeraspekt. Er kann nicht Mambo tanzen. Durchgefallen im Tanzsporttest. Er ist keine Wasserratte. Wasserscheu auch noch. Als sie zum ersten Mal miteinander schliefen, kam es ihm nicht, weil er damit keine Erfahrung hatte. Sexuelle Unerfahrenheit kommt dazu.

Ansonsten hatte er eine Menge von den großen Gefühlen für sie. Er hat sie geliebt, um es auf einen Nenner zu bringen. Reicht das jetzt, damit ihn Anette zu Recht verlassen hat? Stimmt der Chor der Damenwelt in seinem Solidaritätswahn zu? Und geben ihr die Männer, die sowieso selten eine abbekommen, wieder einmal nur deshalb recht, um sich bei ihr einzuschleimen und ihn bloßzustellen?

Anette konnte auch eine ganze Menge Dinge nicht. Mauritz will es gar nicht aufzählen, die Auflistung auf seinem Einkaufszettel ist kürzer, selbst wenn der Kühlschrank mal ausnahmsweise voll sein soll. Werde halt verdammt nochmal mit deinem Arzt glücklich. Frank Zander würde kurz und bündig »Geh aus meinem Leben« sagen. »Hier kommt Kurt« war schon immer ein Lied für Überlebenskünstler.

Mauritz hält es im Café nicht lange aus und geht. Er setzt sich in den Stadtpark auf die Bank. Plötzlich taucht eine junge Frau mit zwei Hunden auf. Zunächst ist alles friedlich. Auf einmal gehen die Hunde aufeinander los. Das ist kein Spiel mehr. Mauritz kommt es so vor, als ob sie sich gegenseitig zerfleischen wollen. Kampfhunde für Arme. Irgendwoher hört er ein Gelächter. Er schaut nach rechts. Da sitzt eine zahnlose Frau und lacht. Man sieht ihr an, dass das Leben für sie auch ein Kampf war und ist. Die Situation ist ihr nicht neu. Man muss kämpfen im Leben. Es wird einem nichts geschenkt. Das ist bei den Menschen nicht anders als bei den Tieren. Wie recht sie damit hat. Der Mensch stammt also doch nicht von den Affen ab, sondern von den Hunden.

Forget Darwin, believe in Mauritz Lamprecht!

Die Hundehalterin greift erst ein, als ihr das Ganze eine Spur zu tough wird. Sie brüllt wie eine Wahnsinnige auf die Hunde ein. Dabei lässt sie ihren ganzen Frust raus. Wenn sie nur schreien würde, um die Hunde voneinander zu trennen, dann hätte sie schon viel bälder eingegriffen. Sie hat die Situation heraufbeschwört. Jetzt kann sie auf die Hunde einbrüllen, wie das früher wahrscheinlich ihre Eltern getan haben. Als Belohnung beißt ihr einer der Hunde leicht in die Hand. Bravo! Wenigstens einer, der noch richtig tickt. Mauritz hält sich da raus und plädiert für »Dogs on leads«.

Irgendwann geht Mauritz das Im-Park-Herumsitzen auf die Nerven. Er geht einkaufen. Leisten kann er sich nicht viel. Die Schlimmsten sind wieder einmal die Rentner. Sie haben keine Zeit, spielen sich auf und meinen, sie hätten das Recht dazu, da ihr Warenkorb voller ist als jener des Schülers oder Studenten, mit denen sie sich zanken. Die Feindbildprojektion macht selbst an der Kasse vom Supermarkt nicht Halt.

Einigen Kassenfrauen sieht man ihre Unlust schon von weitem an. Wenn man versucht, sie in ihrer Arbeit zu akzeptieren, sie als Menschen zu behandeln und nicht als funktionierende Maschinen, gehen die meisten gar nicht mehr darauf ein. Irgendeine Zwischenfrage ignorieren sie, und wenn man sie fragen würde, warum sie nicht antworten, würden sie sich damit herausreden, dass sie sich zu konzentrieren hätten. In Wahrheit, und das weiß Mauritz, weil er in der Schule eine Studie darüber gelesen hat, sind sie schon so automatisiert, dass ihr Hirn gar nicht mehr umdenken kann. Machines or back to humans? Diese Frage kann Freddie Mercury nicht mehr stellen. Er ist im November 1991 leider gestorben. Warum müssen manche Genies immer so früh sterben? Weil es besser für die Menschheit ist, dass sie genügend Kassenfrauen hat.

Eine junge Frau an der Kasse fällt aus dem Rahmen. Sie heißt Julia, und plötzlich bezieht Mauritz sie mit ein in seinen Plan. Er möchte dieses scheue Reh retten. Sie mitnehmen auf eine einsame Insel. Sie wäre Brooke Shields und er Christopher Atkins. Sie würden ein Baby haben und sich von Kokosnüssen ernähren. Julia bleibt ruhig und lächelt Mauritz zu, wenn er an der Kasse steht. Plötzlich gibt es nicht nur Katja, sondern auch Julia. Vielleicht muss Mauritz doch nicht als Rulaman in der Tropfsteinhöhle enden. Adieu, Julia, und keep cool!

Auf dem Weg zurück zu seiner Wohnung kommt ihm eine »Kinderwagenconnenction« entgegen, eine Ansammlung von jungen Müttern, die ihre Babys die Luft der rauen Welt schnuppern lassen, die diese noch nicht kennen, aber kennenlernen werden, ob es ihnen passt oder nicht. Die Mütter sind stolz. Sie haben einen gefunden, der ihnen ein Kind gemacht hat. Da ist nichts schlimm dran. Das ist okay. Mauritz wäre umgekehrt auch stolz darauf, wenn Katja oder Julia sich ein Kind von ihm wünschten. Irgendwie hätte sich Mauritz auch für die Frau aus dem Park gewünscht, dass ein Mann zum richtigen Zeitpunkt bereit gewesen wäre, ihr ein Kind zu machen.

Mauritz läuft mit seinem Shopping-Bag die endlos lange Straße hinauf zu seiner Wohnung. Die Sonne brennt wie verrückt. Als ihm ein Araber entgegenkommt, muss er an Camus' Roman »Der Fremde« denken. Alleine durch die Einwirkung der gleißenden Sonne hat in diesem Werk ein scheinbar Unbeteiligter einen Araber getötet. Auf solch eine blöde Idee kann nur ein Existentialist kommen. Mauritz wird den Araber natürlich ganz normal an sich vorbeilaufen lassen. Ihm gefällt der kulturelle Melting-Pot. Da muss er nicht unbedingt nach Marokko fliegen, um einen Marokkaner kennenzulernen.

Mauritz weiß auch so, dass es besser wäre, in Tanger zu leben. Er hat das neue Buch von Christine Kaufmann gelesen. Seine Mutter ist ja immer noch überzeugt davon, dass sie im »Rosenresli« damals so süß war. Mag sein. Mauritz hat sie jedoch gerner in Herbert Veselys »Egon Schiele – Exzesse« und im Peter-Fleischmann-Film »Es ist nicht leicht, ein Gott zu sein« gesehen. Mauritz möchte seiner Mutter nicht zu nahe treten, aber für solche Filme reicht ihr Weitblick nicht aus. Dazu müsste sie ihre Sichtweisen ändern und das geht nicht.

Die Kaufmann ist manchmal gefallen und wieder aufgestanden. Jeder Mensch fällt früher oder später, und da sind nicht nur Schauspieler oder Schriftsteller darunter, die man gerne benutzt, um sein eigenes Scheitern zu vertuschen.

Once again. Jeder Mensch fällt früher oder später. Engel auch.

Liste der Engel, die gefallen sind. Einige davon standen wieder auf:

Christine Kaufmann
James Dean
Grace Kelly
Marilyn Monroe

Roy Black
Oliver Grimm
Marisa Mell
Freddie Mercury
River Phoenix
Jean Seberg
Romy Schneider
Johnny Depp

Was aus Björn Andresen, dem Jungen aus Viscontis »Tod in Venedig« nach einem Buch von Thomas Mann wurde, weiß Mauritz nicht.

Als Mauritz wieder in seiner Wohnung ist, stellt sich die Essensfrage. Er beantwortet sie mit dem Verzehr eines Fischbrötchens, das er unterwegs mitgenommen hat. Da ihm nichts einfällt, was er schreiben könnte, lässt er die Rollläden herunter und legt sich ins Bett. Er onaniert und braucht dazu nicht einmal eine Vorlage. Er denkt an den großen Busen der Frau, die ihm unterwegs begegnet ist. Ihm kommt es schnell. Er kann nicht einmal mehr ein Tempo organisieren, um seinen Samen aufzufangen. Prävention ist halt nicht nur vonnöten, wenn man keine Babys haben will.

Nach diesem zufriedenstellenden Ereignis schläft er ein. Wacht wieder auf. Schläft wieder ein. Wacht wieder auf und schaltet, weil ihm nichts mehr anderes übrigbleibt, den Fernseher ein. Bevor er sich etwas Langweiliges anschaut, zappt er die Nachmittagstalkshows durch. Leider hat keiner, der dort teilnimmt, außer dem Moderator, Verstand. Was nicht heißen soll, dass Menschen mit einem Restbestand an Verstand keinen Müll reden. Halt nicht so oft, weil ihre Aussagen meistens ein Fundament haben, das ausreicht, um nicht als Hofnarr fungieren zu müssen. Mehr sind diese Menschen, die sich nachmittags öffentlich outen, sowieso nicht.

Bei Birte Karalus ist ein ziemlich scheußliches Thema dran. Menschen beklagen sich, dass ihre Angehörigen und Bekannten seit Jahren nicht mehr beim Zahnarzt waren.

»Riecht er aus dem Mund?«, fragt Frau Karalus, die leidgeprüfte Mutter von Karius und Baktus zu sein scheint, einen der Angehörigen.

Jeder weiß, dass man aus dem Mund riecht, wenn man jahrelang den Zahnstein nicht entfernen lässt. Das ist eine reine Bloßstellfrage.

Wenn einer beschließt, nicht mehr zum Zahnarzt zu gehen, dann ist das seine Entscheidung und als solche zu respektieren. Mehr gibt es dazu nicht zu sagen. Sollten die Zähne folgerichtig ausfallen, wird das die Krankenkasse schon entsprechend honorieren, indem sie für die Dritten weniger oder nichts bezahlt. So einfach ist das. Wozu man da eine Talkshow braucht, ist Mauritz nicht klar. Ist nur mit öffentlicher Bloßstellung zu erklären. Wir sind wieder bei den Römern, nur hat Nero das im größeren Stil aufgezogen. Er ließ das Happening in einer großen Arena vonstatten gehen. Was ist dagegen schon ein kleines Fernsehstudio, und die paar Zuschauer, die das mitbekommen. Draußen an den Fernsehgeräten, wie das immer so schön heißt, schaut ja eh niemand zu. Außer Mauritz. Das ist mit dem alten Playboy-Effekt zu vergleichen. Keiner will darin Kati Witts schöne, ästhetische Nacktfotos gesehen haben, aber die Auflage war schon weg, bevor sie auf dem Markt war. Deswegen schauen sicherlich auch ein paar mehr Menschen außer Mauritz Birte Karalus. Mauritz macht es ausnahmsweise. Hätte er eine Idee für ein neues Buch, dann müsste er nicht Nachmittagstalkshows gucken.

Er schaltet die Kiste wieder ab, noch bevor Birte Karalus zu Ende ist. Zum ersten Mal nach seiner Entlassung aus dem Buchhandel kotzt ihn sein Alltag so richtig an. Er bemerkt, dass er sich etwas im Selbstmitleid suhlt.

Natürlich ist er Schriftsteller, hat ein Stipendium hinter sich und einen Literaturpreis erhalten.

Aber das reicht nicht aus. Er muss raus, sich sein Publikum suchen. Für wen schreibt er denn sonst? Der Rückzug darf nur stattfinden, wenn Kreativität in Arbeit umgesetzt wird und ein Ergebnis entsteht. Wenn das nicht der Fall ist, dann hat auch der Schriftsteller unter Menschen zu gehen und sich den Problemen zu stellen. Wenn man, so wie Mauritz, mit dem Schreiben nicht seinen Lebensunterhalt verdienen kann, dann sollte man nebenbei eine Arbeit annehmen, die Spaß macht, und einen unter Menschen bringt.

Sonst denken die Menschen bald über Mauritz wie das die Natur über die Menschen tut. Wir brauchen den Lamprecht nicht, aber der Lamprecht braucht uns.

Was die anderen Menschen alle wissen, selbst wenn

es ihnen jemand sagen musste, hat er sich selbst, als sein eigenes Versuchskaninchen erarbeitet.

Nach der Erkenntnis sollte die Tat folgen. Ab morgen wird sich Mauritz wieder einbringen. Eigentlich mag er Menschen. Er sollte aber nicht versuchen, sie zu bekehren, sondern ihre Auffassung vom Leben respektieren. Jeder hat das Recht, nach seiner Fasson glücklich zu werden. Also auch Mauritz.

Mauritz entscheidet sich für die Menschheit. Lange hält das kein Mensch durch, sich gegen ein Evolutionsergebnis namens Mensch zu richten, zu dem er selbst gehört. Mit allen Fehlern, Schwächen, aber auch Stärken.

Mauritz möchte nicht, dass ihn alle lieben. Das wäre zu viel verlangt. Respektiert möchte er schon werden. Das ist klar.

Menschheit, Mauritz kommt wieder. Lass ihn einfach wieder teilnehmen, wie einen Fußballspieler, wenn er kurz das Spielfeld verlassen musste, und sich beim Schiedsrichter wieder ordnungsgemäß zurückmelden muss, wie einen Verkehrsteilnehmer, der das Reißverschlussverfahren auf der Straße zu spät erkannt hat und nicht mehr rechtzeitig auf die rechte Straßenseite kam.

Es ist Montag. Heute muss Mauritz sogar den Boomtown Rats widersprechen. »He likes mondays«. Um zehn Uhr sitzt er im Café. Ganz so, als hätte das Schicksal nie daran gedacht, sich anders zu entscheiden, sitzt Katja im Freien. Sie ist in Arbeitsunterlagen vertieft. Die noch dampfende heiße Schokolade steht im Sicherheitsabstand zu ihnen auf dem Tisch. Mauritz setzt sich ihr schräg gegenüber, so dass er einen guten Seitenblick auf sie hat. Katja liest konsequent in ihrer losen Blattsammlung. Ohne aufzublicken, nimmt sie ab und zu einen Schluck von ihrer heißen Schokolade.

Was soll Mauritz jetzt tun? Da sitzt ihm ein weibliches Wesen gegenüber, von dem er nicht mehr weiß, als dass es Germanistik studiert und heiße Schokolade mag. Warum bildet er sich ein, in diese junge Frau verliebt zu sein? Wenn er sagen würde, dass ihm ihr Erscheinungsbild ganz gut gefällt, so käme das der Wahrheit nahe. Einen Menschen wirklich lieben kann man erst, wenn man seine Vorzüge und Eigenheiten kennt. Dann wird man ihn um seiner selbst lieben. Mauritz weiß, dass es so sein muss. Viele Menschen, die geliebt haben, erzählen immer wieder dasselbe. Unter diesem Aspekt muss Mauritz sich fragen, ob Anette und er sich wirklich geliebt haben. Am Ende ihrer Beziehung hat sie ihm in einer Art Fehleranalyse alles aufgerechnet, was sie zur Entscheidung veranlasst hat, ihn zu verlassen. Mauritz glaubt, sie dennoch geliebt zu haben.

Wie zum Hohn erklingt aus dem Inneren des Cafés »What is love?« von Howard Jones. Also, lieber Matador, es bleiben dir nur zwei Möglichkeiten. Entweder du gehst jetzt in die Arena und kämpfst um dein Glück, oder der »Stier der Einsamkeit« wird aus dem roten Tuch eine Schlinge machen und dich erhängen.

Als Mauritz vor lauter Aufregung in seiner Tasche kramt, fällt ihm auf, dass da ein Buch drinliegt.

»Sommerhaus, später«, geschrieben von Judith Hermann. Das ist seine Rettung. Wenn er es jetzt aus der Tasche zieht und darin liest, wird sie begeistert von ihm sein.

Ein lesender Mann muss eine Germanistikstudentin einfach faszinieren, redet sich Mauritz Mut zu. Sein Selbstzweifel meldet sich aus dem Hinterhalt. Diese fiese Kröte will ihm einreden, dass Katja auch nicht anders ist als die Frauen aus dem Literaturkurs.

Verzieh dich, tobt es in Mauritz. Katja steht bestimmt nicht auf Affen mit Haaren auf der Brust. Er fängt an zu lesen. Sie registriert, dass er liest, und lächelt ihn tatsächlich an. Er lächelt zurück.

»Schönes Wetter heute, nicht wahr?«, sagt sie plötzlich.

I'm sitting in a café and my heart goes boom. Sie redet mit ihm. Schönes Wetter heute, nicht wahr, etwas Profaneres hätte ihr nicht einfallen können, warum fragt sie nicht, wie ihm das Buch gefällt? Mauritz, das ist deine Chance. Rede mit ihr. Es wird Zeit, dass dir etwas Vernünftiges einfällt.

»Da haben Sie recht. Das richtige Wetter, um im Freien ein Buch zu lesen«, sagt er.

Mauritz glaubt, dass meistens belanglose Dinge geredet werden, wenn sich zwei Menschen zum ersten Mal begegnen. Alle sind nur Menschen, und um den ersten Kontakt herzustellen, bedarf es keiner großen Worte.

Die Bedienung kommt auf Mauritz zu.

»Was darf es sein?«

Mein Gott, kann sie nicht zwei Minuten später

kommen, denkt Mauritz. Besser noch, wenn sie früher gekommen wäre, dann hätte er sich auch eine heiße Schokolade bestellt, und Katja anschließend fragen können, ob ihr die auch so gut schmeckt wie ihm.

»Eine Butterbrezel und eine heiße Schokolade, bitte.«

»Kommt sofort«, sagt die Bedienung und entfernt sich.

»Was lesen Sie denn da Schönes?«, fragt Katja.

»Sommerhaus, später. Das sind Kurzgeschichten von Judith Hermann.«

»Und Sie, Sie bereiten bestimmt etwas für Ihr Studium vor?«

»Ja, ganz genau. Ich durchforste die Romantik.«

Romantik, Romantik. War diese Literaturepoche jetzt vor oder nach dem Naturalismus angesiedelt? In welchem Jahrhundert? Und wie heißen ihre Vertreter?

Bitte Hirn, arbeite. Lass mich nicht im Stich, denkt Mauritz.

»Ah, sehr interessant. Sie beschäftigen sich mit Ludwig Tieck und Clemens Brentano?«

»Richtig«, sagt Katja überrascht.

»Woher wissen Sie so gut Bescheid? Studieren Sie auch Germanistik?«

»Nein, aber ich war einmal Buchhändler, und da sollte man so etwas wissen.«

»Warum sind Sie es nicht mehr? Ist doch ein schöner Beruf.«

»Ich schreibe jetzt Bücher.«

»Das ist aber spannend. Erzählen Sie mehr.«

Das Eis ist dabei, aufzutauen.

»Ich habe einen Roman geschrieben. Kurzgeschichten und auch Gedichte.«

»Ich lese gerne Liebesromane. ›Die Brücken am Fluß‹ von Robert James Waller war bisher der beste, den ich gelesen habe. Was ist das Thema Ihres Romans?«

»Es geht um eine Dreiecksgeschichte. Ein Mann kann sich nicht zwischen zwei Frauen entscheiden.«

»Klingt interessant. Glauben Sie, in nächster Zeit einen Verlag zu finden, der daraus ein Buch macht?«

»Ich glaube ganz fest daran. Ich stehe zu meinem Roman und finde, dass er gelungen ist.«

»Schön, dass Sie positiv denken.«

»Das muss ein Schriftsteller. Sonst läuft er Gefahr, unterzugehen.«

»Sie werden noch ganz berühmt.«

»Wäre nicht schlecht.«

»Darf ich Ihren Namen erfahren?«

»Ich heiße Mauritz und wäre froh, wenn wir uns duzen könnten.«

»Mauritz ist ein schöner Name. Gefällt mir gut.«

»Katja klingt auch schön.«

»Woher weißt du, dass ich Katja heiße?«

»Deine Freundin nennt immer deinen Namen, wenn sie meint, für dich bezahlen zu müssen.«

»Finde ich gut, dass du das auch nicht okay findest.«

»Man muss sich einfach dagegen wehren, und das tust du ja immer, indem du selbst bezahlst.«

Katja bittet Mauritz freundlich an ihren Tisch.

Mauritz nimmt ihre Einladung an, und als er ihr gegenübersitzt, schmilzt er dahin wie ein Magnumeis, wenn es in die Badewanne fällt.

»Wenn ich ausgetrunken habe, gehe ich in die Bibliothek nach Stuttgart. Wenn du Lust hast, dann komm doch einfach mit.«

»Gerne.«

Etwas später, nachdem sie getrennt voneinander bezahlt haben, sitzen sie in der S-Bahn nach Stuttgart. Mauritz' Horoskop hatte Glück prophezeit, mit solch schnellem Eintreffen konnte er nicht rechnen. Katja schaut ihn die ganze Zeit an, als sie in der S-Bahn sitzen. Er glaubt, dass sie ihn mag. Warum sonst lädt eine Frau einen Mann, den sie noch nicht einmal eine halbe Stunde kennt, ein, sie zur Bibliothek zu begleiten?

Sie laufen durch Stuttgart und stehen plötzlich vor einem großen Gebäude.

»Das ist die Bibliothek«, sagt Katja.

Wie sie genau heißt, interessiert Mauritz in diesem Moment nicht.

»Wollen wir reingehen?«

»Du bist mein Guide, Katja. Ich kenne mich im Bibliothekswesen nicht so gut aus.«

»Ist nicht schlimm. Komm einfach mit. Ich zeige dir alles.«

Mauritz fühlt sich an die beiden Schweinchen P. und F. aus dem »Sandmännchen« erinnert. Katja ist F. und er ist P. Ein bisschen tollpatschig ist er schon. Manche Frauen mögen das, wenn es nicht Überhand nimmt. Mauritz folgt Katja. Als sie in die Bibliothek eintreten, kommt sich Mauritz für einen Moment selbst vor wie ein Student.

Katja muss lediglich ein paar Bücher zurückgeben, die sie ausgeliehen hat. Mauritz weiß nur, dass man in Bibliotheken Ausleihgebühren bezahlen muss. Der Autor des jeweils ausgeliehenen Buches bekommt den Bibliotheksgroschen. Den Rest, den man wissen muss, um sich in einer Bibliothek zurechtzufinden, weiß Katja.

Sie hat ihre Bücher zurückgegeben. Plötzlich stellt sie Mauritz eine Frage, die er zu diesem Zeitpunkt nicht erwartet hätte.

»Magst du mit zu mir kommen?«

Wenn jemand so charmant fragt, kann man nicht nein sagen. Mauritz sieht das auch so.

»Ja. Gerne«, sagt er.

Sein Lächeln ist strahlend.

»Ich möchte heute etwas Leckeres kochen«, sagt sie.

Sie möchte mich auf Alltagstauglichkeit hin prüfen, denkt Mauritz, und wenn sie feststellen wird, dass es nur für das Kartoffelschälen und die Salatmarinade machen reicht, wird es zu keinem weiteren Date kommen.

Mach dich locker, Mauritz. So schlimm wird es nicht kommen.

Sie betreten Katjas Wohnung. Der Haustürschlüssel verkantet sich im Türschloss. Die Türe geht dennoch auf und knarrt. Eine Altbauwohnung. Schön eingerichtet.

»Schön hast du es hier«, sagt Mauritz spontan.

Sie lächelt.

Sie gehen in die Küche und sie bietet ihm etwas zu trinken an. Ein Gläschen Sekt Orange. Mauritz trinkt schnell, betäubt damit seine Angst davor, dass Katja erkennen wird, dass er nicht kochen kann. Ein Minuspunkt auf dem langen Weg zum Traualtar.

Mauritz wird auf das Kartoffelschälen und Salatmarinade machen reduziert. Katja lacht und sagt, dass die Vitamine an der Oberfläche der Kartoffeln angesiedelt sind.

Das Essen ist fertig. Gemüseauflauf mit frischen Salaten der Provence.

»Guten Appetit«, sagt Mauritz.

»Danke. Ebenso«, sagt Katja.

Sie essen. Zum ersten Mal beim Essen denkt Mauritz nicht, dass man den Menschen nur etwas zu essen hinstellen muss, damit sie den Mund halten. Katja redet, und selbst die Kombination Essen und Reden wirkt bei ihr reizvoll. Katja hat Niveau. Mauritz hat plötzlich einen erotischen Wunsch, den er gerne eines Tages mit ihr ausleben würde. Er knöpft ihre Bluse auf, beträufelt ihre Brustwarzen mit Schlagsahne und Honig und leckt ihr den Vorhof. Mauritz errötet.

»Ist dir heiß, Mauritz?«

»Nein. Alles in Ordnung.«

Nach dem Essen sagt Katja, dass sie sich leider von Mauritz verabschieden müsse. Sie habe eine Verabredung mit einer Studienkollegin.

Das war unser erstes und letztes Rendezvous. Sie wollte nur testen, ob ich kochen kann. Quälende Gedanken schießen Mauritz durch den Kopf. Um sie aufzulösen, sagt er Katja, dass er Interesse daran hätte, sie wiederzusehen.

»Mal sehen«, sagt sie. Ein kurzes Lächeln huscht über ihr Gesicht. Und: »Ich bin jetzt wieder öfters im Café.«

Mauritz bleibt als verwirrter Mann zurück. Warum können Frauen nicht einmal klare Aussagen machen, anstatt dauernd in Rätseln zu sprechen? Mauritz wird noch zum Rätselentschlüssler.

Er fährt mit der S-Bahn nach Hause und bildet sich ein, dass der letzte Satz, sie sei jetzt wieder öfters im Café, Hoffnung für ihn bedeutet.

Mauritz kommt nach Hause, und da fällt ihm ein, dass er seinen Erotikfilm noch bei der Post abholen muss. Er läuft zur Post und hat erst einmal mit Diskretionsabstand zu warten. Wie auf der Bank vor dem Geldautomaten. Dann ist er dran. »Ich möchte gerne ein Päckchen abholen«, sagt er. Mauritz ist freundlich und die Postangestellte ist es zunächst auch. Sie benötigt fast zehn Minuten, bis sie sein Päckchen gefunden hat. Mauritz sieht, dass sie mit einer Kollegin tuschelt. Als sie fündig geworden ist, sagt sie in einer Lautstärke, dass es alle mitbekommen, dass das Päckchen aus Dänemark kommt.

Da aus Dänemark über die Post häufig Erotikfilme kommen, weiß jetzt so ziemlich jeder Bescheid.

»Sind leckere Butterkekse drin. Schade, dass Sie keinen probieren können«, sagt Mauritz.

Du blöde Kuh, denkt er. Ich sollte dir auf der Stelle gehörig die Meinung sagen und anschließend so lange Briefmarken in den Mund stopfen, bis eine davon dein Gaumenzäpfchen wegätzt.

Sie hyperventiliert.

»Noch einen schönen und ergiebigen Wochenanfang«, sagt sie.

»Danke. Den werde ich haben.«

Eine ältere Dame, die alles mitbekommen hat, steht plötzlich neben Mauritz. Sie hat es eilig und kennt das Wort »Diskretionsabstand« nicht. Sie will Mauritz von seinem Platz, den er noch innehat, einfach verdrängen.

»Nicht weit hinter uns ist eine durchgezogene Linie. Eine Brille haben Sie ja schon. Vielleicht sollten Sie bei der mal die Stärke überprüfen lassen.«

Die Postangestellte bedient die ältere Dame. Die beiden ignorieren Mauritz, weil sie wissen, dass er sich einen Erotikfilm abgeholt hat.

»Einen schönen Tag noch, die Damen«, verabschiedet sich Mauritz.

Zurück in seiner Wohnung ist er alleine mit seinem Erotikfilm. »Scharfe Girls im Grünen«, heißt er. Es geht um Sex im Freien. Lecker. Mauritz war noch nie prüde. Er sehnt sich nach einer festen Beziehung mit Treue, aber so ein Erotikfilm zwischendurch, da ist doch nichts dabei.

Er legt die heiße Videokassette erst einmal ins Eck und schaut sich den Film vorerst nicht an.

Mauritz läuft durch W., vorbei am Café, in dem er am Morgen noch mit Katja saß. Plötzlich taucht ein Kameramann eines Senders auf. Irgendein Typ mit einer großen Klappe fragt ein Ehepaar, Mitte 50, ob es im Sommer gerne im Freien Liebe macht. Die Ehepartner verziehen die Gesichter, freuen sich aber, einmal im Leben so wichtig zu sein, dass sie auf der Straße interviewt werden. Mauritz denkt an die Textzeile aus Westernhagens »Freiheit«.

»Der Mensch ist leider primitiv.«

Zwei Männer begrüßen sich. Sie klopfen sich ab. Da waren Breshnev und Honecker noch richtig zärtlich miteinander. Sie haben sich geküsst, auch wenn ihre Lippen dabei vor Eiseskälte steif gefroren waren.

Frauen haben solche Begrüßungszeremonien besser drauf. Sie begrüßen sich mit Umarmungen, Küsschen links und rechts, selbst wenn sie sich manchmal hintenrum ausspielen und mit dem Freund der anderen ins Bett gehen.

Zwei Politessen laufen Streife. Sie kontrollieren ausschließlich ausländische Mitbürger.

Das kann zweierlei bedeuten. Entweder trauen sie denen eher Straftaten zu oder aber sie stehen auf den Smalltalk mit gut gebauten Jungs. Zwei andere weibliche Wesen, Studentinnen oder so, schenken Mauritz eine Probe eines neuen Schokoriegels. Extra crispy.

»Danke schön, das ist nett«, sagt Mauritz.

Er bildet sich ein, dass man eher zu einer Freundin kommt, wenn man höflich und nett zu Frauen ist.

Im Stadtpark sitzen drei Damen auf drei verschiedenen Bänken. Eigentlich hatte Mauritz drei Handys am Ohr erwartet. Sein Aha-Effekt haut ihn um. Jede hat ein Buch in der Hand.

STUDENTINNEN! Ist Mauritz jetzt in einer Uni-

Stadt oder was? W. ist literarisch gesehen nicht ganz so federführend. Vielleicht schützen sie sich vor einer bestimmten Art von Mann. Wenn sie im Stadtpark sitzen, legen sie schnell mal ein Buch aus, damit die Machos fernbleiben.

Eine davon schaut von ihrem Tina-Grube-Die-Frau-in-der-Gesellschaft-Roman auf und blickt zu ihm herüber. Mauritz ist interessanter als ein Roman von Tina Grube. Darauf kann er sich etwas einbilden.

Plötzlich überkommt ihn das Gefühl, flüchten, sich der Situation entziehen zu müssen. Mauritz hat es satt, ständig von Frauen angeschaut zu werden und trotzdem keine abzubekommen. Mauritz will mit ihnen vorläufig nichts mehr zu tun haben. Ob sie nun Anette, Julia oder Katja heißen.

Er steht auf und geht nach Hause. Er ist wieder gefangen im Elfenbeinturm der Einsamkeit. Sein Versuch, wieder unter Menschen zu gehen, ist vorerst gescheitert. Es bleibt die Hoffnung, dass Katja mit ihm auf einen Bauernhof zieht. Aber wer soll den finanzieren? Mauritz kann das mit seinen paar Kröten ebenso wenig wie Katja mit ihrem Bafög.

Traum, du bist vorerst gestorben. Reality bites …

Der Dienstag verläuft langweilig. Mauritz hat immer noch eine Schreibblockade, die er nicht auflösen kann. Es fällt ihm einfach nichts ein. Da es sehr heiß ist, bleibt er in der Wohnung. Einkaufen wäre dringend notwendig, aber solange es fließendes Wasser und löslichen Zitronenteeextrakt gibt, im Kühlschrank noch zwei Dosen Geflügelsalat sind und von fünf Scheiben Brot nur eine angeschimmelt ist, ist die Welt für Mauritz in Ordnung.

Am Tag darauf geht Mauritz morgens wieder ins Café, was er besser unterlassen hätte. Katja ist auch da, aber nicht alleine. Sie unterhält sich angeregt mit einem attraktiven jungen Mann. Sie erkennt Mauritz und begrüßt ihn.

»Das ist Stefan, mein Studienkollege«, sagt sie.

Mauritz schenkt ihm ein verkrampftes Lächeln und sagt anstandshalber »Hallo«.

»Setz dich doch zu uns, Mauritz«, sagt Katja.

»Lieber nicht, ich möchte nicht stören«, sagt Mauritz.

»Du störst doch nicht.«

Mein Gott, sie muss sich verdammt gut fühlen, denkt Mauritz. Sie bekommt Beachtung von zwei Männern. Mauritz fühlt sich schlecht. Wie ein Punchingball, der ständig getreten wird.

Katja hat kein Verständnis für seine Entscheidung, sich nicht mit an ihren Tisch zu setzen. Muss sie auch nicht. Diese Art von Eifersucht schmeichelt keiner Frau.

Nach der üblichen Butterbrezel und der Tasse Milchkaffee geht er. Mauritz hält es nicht aus, dass Katja sich mit diesem Stefan amüsiert. Der einzige Stefan, den er leiden kann, ist Stefan Derrick. Der war immer gerecht und hat seines Wissens nie versucht, Harry eine Frau abspenstig zu machen. Aber dieser Stefan aus dem Café kann ja nicht wissen, dass Mauritz es auf Katja abgesehen hat.

Mauritz ist zu Hause angekommen und liest Zeitung. Auf der Titelseite ist Exbundeskanzler Schröder mit Zigarre abgebildet. Bis er damit so cool aussieht wie Ludwig Erhardt oder Winston Churchill dauert es noch ein bisschen, denkt Mauritz. Seite 2 bietet ein Bild von Manfred Kanther, der negativ in den Schlagzeilen steht. Er sieht ein wenig aus wie ein Priester, bei dem man beichtet. Er wäre für die Rolle des Contini-Verchese in den Dornenvögeln vom Aussehen her die Optimalbesetzung gewesen.

Mauritz blättert weiter. Es soll gut sein, wenn man Frust hat. In der Mitte des Lokalkuriers steht, dass jeder dritte Mann seinen Haushalt selbst erledigt. Mauritz gehört auch zu den Cary Grants des Haushalts.

Nach der Enttäuschung, Katja mit einem anderen im Café gesehen zu haben, steigt er auf eine Zeitschrift um, in der lauter Singles drin sind. 70 % der Frauen, die einen Partner suchen, sind Kauffrauen. Einige davon haben ihr Leben lang ein Problem namens Kaufrausch.

KAUFFRAUEN MIT KAUFRAUSCH. Mauritz verzichtet. Und zwar freiwillig.

Mauritz ist immer noch damit beschäftigt, eigenverantwortlich seinen Tag zu gestalten. Kein stressgeplagter Chef nuschelt ihm aus zwei Metern Entfernung etwas in die Nähe seiner Gehörgänge, das er erstens nicht versteht und zweitens, da der Chef schon wieder weg ist und ein Nachfragen sich damit erübrigt, nicht ausführen kann.

Keine rote Wurst essende Rotzgöre zwingt ihn zu Beherrschung und Selbstdisziplin. In einer Buchhandlung rote Wurst essen und sich für »Gute Zeiten, schlechte Zeiten«-Bücher zu interessieren, diese Kombination erzeugte stets leichte Aggressionen in Mauritz. Hätte er solchen Kundinnen »Die Entdeckung der Currywurst« von Uwe Timm empfohlen, so wären zwei Probleme auf einmal gelöst gewesen.

Katja hat Mauritz eigentlich nichts angetan. Es ist nicht verboten, mit einem Studienkollegen im Café zu sitzen und sich zu unterhalten. Sie hatte ihm sogar angeboten, sich dazuzusetzen. Er wollte kein Störfaktor sein.

Was soll er jetzt tun? Die Möwe Jonathan lesen und danach madonnamäßig »I learned my lesson well« sagen? Vielleicht ist er dazu auserkoren, alleine zu sein. Schriftsteller ist ja angeblich nichts Ordentliches. Kann man das überhaupt lernen? Wie kommt man dazu? Solche Fragen werden sie ihm immer wieder stellen, die Herrschaften, die glauben zu wissen, wie das Leben funktioniert, und sich Mauritz offensichtlich überlegen fühlen.

Mauritz kann diese Fragen nicht mehr hören. Vor allem deswegen nicht, weil er sie als ungerecht empfindet. Ein Buch zu schreiben erfordert, ordentliches Deutsch zu können, und ein hohes Maß an Phantasie, Disziplin und Durchhaltevermögen.

Wozu also diese hinterlistige Fragerei?

Mauritz fängt an, sich in seiner Wohnung zu beschäftigen. Da sie sauber geputzt ist, der Müll sich noch nicht dadurch bemerkbar macht, dass kleine Mücken aus dem Mülleimer fliegen, und sich überhaupt alles in bester Ordnung befindet, muss er sich die Arbeit aus den Fingern saugen.

Mauritz beschließt, seine CD-Ständer zu ordnen. Die CDs sollen der Wichtigkeit der Interpreten nach einsortiert werden. Die wichtigste oben, die unwichtigste unten. Da Wolfgang Petry zehn Plätze oberhalb von Heather Nova rangiert, kann irgendetwas nicht stimmen. Petrys Scheibe hat man halt da, falls man eine Party geben muss. Das wiederum setzt voraus, dass man entweder Geburtstag hat oder erfolgreich war. Eine Prüfung bestanden hat oder so. Übertragen auf Mauritz würde das bedeuten, dass ein Vertragswerk eines großen Verlages in seinem Briefkasten läge.

Er wird also, wenn der Tag der Tage kommt, in seiner Wohnung feiern. Freunde wird er wieder einige haben. Bekannte und Schulterklopfer, die dann äußern werden, dass sie ihn immer schon auf der Erfolgsspur gesehen haben, werden sich massenweise selbst einladen. Die Neider werden wegbleiben. Natürlich. Wolfgang Petrys »Sommer in der Stadt« wird erklingen, und Mauritz wird sich wünschen, Katja wäre da. Das Mädchen, dessen Freund er gerne wäre. Mit einer Flasche Sekt wird er sich eine Dusche verschaffen, dass er sich fühlt, als wenn Heather Novas »London rain« auf ihn niederprasselte.

Nach dem Ordnen der CDs fällt ihm auf, dass zwar der Boden seiner Wohnung ordentlich geputzt ist, aber eine Wohnung besteht nicht nur aus dem Boden. Die Fenster sind schmutzig. Also rein ins Bad, Putzeimer voll mit Wasser machen, einen Reiniger hinzumengen und fleißig putzen.

Such dir eine Frau, die das für dich macht, erklingt die Stimme seines Vaters in seinen Ohren. Die Zeiten sind vorbei, als die Hausfrau mit ihrer Kittelschürze als erotisches Putzwunder galt, weil dieses Kleidungsstück unterhalb des letzten Knopfes solch einen großen Schlitz hatte, dass der Rentner, der im gegenüberliegenden Häuserblock Zigarre rauchend aus dem Fenster sah, ein paar gekringelte Schamhaare der Hausfrau zu sehen bekam.

Heutzutage bestellt man sich als Mann schon eine vernünftige Nacktputzkolonne. Da braucht man keine verklemmte »Kittelschürzenerotik« mehr. Die Mädels bieten mehr als ein gekringeltes Schamhaar. Vielleicht bauen sie in ihre Show noch eine »Live-Rasur« mit ein, so dass dem Zigarre rauchenden Rentner im Häuserblock gegenüber, der mittlerweile 90 Jahre alt ist, die Zigarre nicht nur besser schmeckt, sondern gleich aus dem Mund fällt. Ist dann nebenbei eine gesundheitsfördernde Maßnahme. Nacktputzkolonnen verhindern Raucherbeine und somit den Ruin der allgemeinen Ortskrankenkassen.

Beim Fensterputzen bemerkt Mauritz, dass es in den Ecken noch Entwicklungsmöglichkeiten seiner Putzkunst gibt. Vielleicht sollte das nächstes Mal ein Fensterbauer übernehmen. Der kann sein Ausfugtalent bestimmt auch im 90°-Winkel des Fensterrahmens einbringen.

Mauritz übersteht die Putzaktion heil. Im Buchhandel wäre er abgesichert gewesen, wenn er beim Auffüllen von der Leiter direkt in einen Stapel Sybex-Computerbücher gefallen wäre. Der Aufprall wäre nicht soft, sondern hard gewesen und danach hätte er eine Halskrause wearen müssen.

Nach dem Fensterputzen zählt Mauritz seine Videos. Er weiß, dass er genau 100 Stück hat. Vielleicht hat sich eins über Nacht selbst vervielfältigt. Das wäre furchtbar, weil es plötzlich 101 Videos wären und sein Inventar nicht mehr stimmen würde. Mauritz kommt sich vor wie Gotthilf Penibel, der »Held von Zucht und Ordnung« aus SWF-3-Zeiten.

Mauritz kommt auf 100 Videos und sogar das Verhältnis zwischen Liebes-, Action-, Erotik- und Kampfhunde-in-action-Videos stimmt genau. 60 Liebesfilme, 30 Actionfilme, 9 Erotikfilme und 1 Kampfhunde-in-action-Film. Diesen hat sich Mauritz nur deshalb zugelegt, weil er wissen wollte, ob er beim Anschauen des Videos auch anfängt, die Zähne zu fletschen und Laute von sich zu geben wie der Typ von Lulus Mutter in David Lynchs »Wild at heart«.

Der Film ist absolut ekelhaft. Mauritz wird ihn im Videoschrank durch »Kellerasseln beim Geschlechtsakt« ersetzen, wenn er ihn von der Post abgeholt hat. Die Postangestellte wird dieses Mal vermutlich »Das Video kommt aus dem Keller« sagen. In einer Lautstärke, dass es jeder hört. Mauritz wird ganz cool seine Antwort formulieren.

»Ich wollte schon immer wissen, warum die lustigen Gesellen in Auerbachs Keller damals nach ihrem Zechgelage plötzlich doppelt so viele Kellerasseln sahen«, wird er sagen.

Sie wird seinen Humor nicht verstehen. Vermutlich ist sie nach ihrer ersten Begegnung eh der Meinung, dass Mauritz ein Perverser ist. Der Erotikfilm aus Dänemark war ihm zu lasch, jetzt braucht er kopulierende Kellerasseln, um sich daran aufzugeilen. Noch nie etwas davon gehört, dass man mindestens ein Gag-Video zu Hause haben sollte. Die Kampfhunde waren zu tough, weswegen ich sie gegen die kopulierenden Kellerasseln austausche. Tu as compris, gelbe Postfröschin, die nie ein Prinz küssen wird? Nein, ich war nicht beim Kommiss! Danke der Nachfrage.

Das Zählen der Videos ist abgehakt. Mauritz nimmt sich ganz viel Zeit für einen der größten deutschen Schauspieler, den es je gab. Klaus Kinski. In »Leichen pflastern seinen Weg«, »Fitzcarraldo« und im »Woyzeck« fand er ihn sensationell gut. »Nosferatu« war auch gruselig. Mauritz gibt sich »Ich bin so wild nach deinem Erdbeermund«. Vielleicht war Kinski der beste Rezitator, den Deutschland jemals hatte. Will Quadflieg, der Vater von »Landarzt-Christian«, mag es Mauritz nachsehen. Er ist dann der zweitbeste. Mauritz wird den Tag nie vergessen, an dem sein Lehrer mit einem Plattenspieler ins Klassenzimmer einlief, eine Schallplatte auflegte, und er plötzlich zusammenzuckte, ihm das Blech wegflog, als Quadfliegs Stimme erklang. Es hat wohl nie jemand den Prometheus von Goethe besser zitiert.

Nach zwei Stunden Kinski ist sein Bedarf gestillt und er legt die CD zur Seite. Es ist viel Mist über Kinski erzählt worden. Sicher ist, dass er ein Typ war. Er hatte Format, was ihn von so manchem Schönling, der mit seinem Waschbrettbauch planlos im Freibad herumliegt und sich wie Brad Pitt fühlt, weil ihm einige Dumpfbacken zu Füßen liegen, unterscheidet.

Am späten Nachmittag sitzt Mauritz im Stadtpark. Eine junge Frau mit einem genialen Hintern in Pfirsichform und langen Beinen läuft an ihm vorbei. Sie lächeln sich an. Mauritz hat verdammtes Glück, dass so viele Frauen auf diesen kleinen Flirt mit ihm eingehen. Das ist schön und gibt ihm ein gutes Gefühl. Noch ist nicht aller Tage Abend, was das andere Geschlecht angeht.

Es gibt nicht nur Anettes und Katjas auf der Welt. Hunderte, Tausende, ach was, Millionen von diesen wundervollen Geschöpfen laufen draußen herum. Sie haben irgendeinen Namen, der im Namenslexikon auf Seite 33, 46 oder 55 steht, und beileibe nicht alle einen Partner. Es sind einsame, gebrochene Herzen darunter, die es gilt, davon zu überzeugen, dass nicht alle Männer Schweine sind. Mauritz ist keines. Er liebt Frauen wirklich.

Zurück in seiner Wohnung kocht sich Mauritz ein warmes Süppchen, isst dazu Frankfurter Würstchen mit Kartoffelsalat aus dem Kühlregal des Einkaufscenters und schaut sich einen weiteren Film von Eric Rohmer an. Er heißt »Winterreise«. Es geht um eine Frau, die sich mit drei Männern gleichzeitig einlässt. So etwas soll es geben, denkt Mauritz, und sieht der Entwicklung des Films gespannt entgegen.

Die Frau lernt einen Typen mit langen Haaren kennen, steigt mit ihm ins Bett und wird schwanger. Sie verlieren sich aus den Augen. Sie trägt das Kind aus und lässt sich mit einem Friseur ein, und mit einem Typen, der so etwas wie ein Philosoph ist und Bücher liest. Der Vater des Kindes ist nicht greifbar, der Friseur kümmert sich um sie, gibt ihr Arbeit in seinem Salon, ist ihr aber zu profan. Der Philosoph macht ihr Angst, weil er vom Intellekt so weit oberhalb von ihr steht. Sie speist die beiden Männer mit Halbwahrheiten ab, hält sie sich aber irgendwie warm. Ich liebe dich, aber es reicht nicht aus, um mit dir zusammenzuleben. Das ist dieselbe Waagscheiße-rei, wie sie manchmal in der Politik praktiziert wird. Natürlich fühlt sich ein Mann geehrt, wenn er von eincr Frau geliebt wird. Wenn es aber nicht reicht, um mit ihr zusammenzuleben, so fragt er sich, was er falsch macht. Er macht sich zum Affen und versucht herauszufinden, welche »Kleinigkeit« noch fehlt, da-mit die Frau doch mit ihm zusammenleben möchte. Die Möglichkeit, dass die Frau einfach einen kleinen, aber feinen »Dachschaden« hat, zieht er selten in Be-tracht. Frauen sind nämlich genauso unvollkommen wie Männer.

Am Ende des Films trifft sie den Vater des Kin-des, ihren Engel, wieder. Das Kind ist begeistert, dass es plötzlich einen Papa hat. Die beiden werden ein Paar. Der Film ist aus. Hey, ein Film von Eric Rohmer hat anstatt eines Open-Ends ein Happy-End. Das ist überraschend.

Was lernt Mauritz aus diesem Film? Er muss aufhö-ren, immer den Intellektuellen zu geben. Er möchte nicht, dass Frauen Angst vor ihm haben. Er wird seine Bücher in Zukunft zu Hause lesen. Nachts mit Taschenlampe unter der Bettdecke wäre eine Möglichkeit. Oder auf der Toilette, wenn es gerade mal länger dauert. Aber nie mehr vor Frauenaugen. Mauritz schläft ein. Eigentlich wollte er noch einen anderen Film schauen. Highlander mit Christopher Lambert.

Dazu ist er zu müde. Gute Nacht, Mauritz Lamprecht. Morgen ist wieder ein Tag.

Der Sommer bietet nicht das Gelbe vom Ei. Das Wetter ist wechselhaft. Die Sonne spielt die launische Diva. Sie zeigt sich in etwa so oft, wie Liz Taylor vor den Spiegel tritt, wenn sie durchgemacht hat. Katja ist nicht mehr im Café. Weder alleine noch mit diesem Stefan.

Mauritz geht raus und kommt zufällig an einer Demonstration vorbei. Schüler protestieren gegen die Reform des Abiturs. Die Stuttgarter Kultusfrontfrau A. S. wird zum Hassobjekt. Zunächst ist es eine Art »Treppendemo«. Die Schüler sitzen auf Treppenstufen und ihre Leaderin redet. Sie ist mutig, was Mauritz imponiert. Zu seiner Schulzeit haben ihn diese Möchtegern-Rosa-Luxemburgs genervt. Da er etwas reifer geworden ist, muss er ihnen zugestehen, dass sie Mut haben. Mauritz hat während seiner Schulzeit nie an einer Demo teilgenommen. Er war immer am Austausch von Argumenten interessiert, und seiner Ansicht nach hatten die Protestierenden immer etwas, wo sie dagegen waren, konnten aber selten sagen, wofür sie waren. Protest um des Protestes Willen, um Schule schwänzen zu können, hat er abgelehnt.

Die Passanten verhalten sich wie immer bei so etwas. Einige Erwachsene lächeln und meinen aufgrund ihrer Lebenserfahrung, sich erlauben zu können, den Kopf zu schütteln.

Die Schüler formieren sich zu einem Demozug durch die Stadt. Mauritz überlegt kurz, ob er sich anschließen soll. Dann müsste er diese Schülerreime mitsingen. Er beschließt, da er auch etwas gegen die Abiturreform hat, aus Solidarität am Straßenrand mitzulaufen. Was er dabei erlebt, ist hochinteressant. Nahezu alle seine Thesen, die er sich hart erarbeitet hat, werden bestätigt.

Die Businessmen huschen an der Demo vorbei. Sie haben keine Zeit, sich für solche »Bagatellen« zu interessieren. Zeit ist Geld und Geld regiert die Welt. Also schnell weiterlaufen.

Die Arbeiter am Straßenrand machen mit ihren Händen den Scheibenwischer vor der Stirn. Dieses Volk soll mit seinen 16 Lenzen auf dem Buckel nicht demonstrieren, es soll etwas arbeiten gehen. Abitur können diese Zeitgenossen mit den starken Pranken nicht einmal buchstabieren. Der Oma, die auf dem Gehsteig läuft, wird es zu laut. Die Intensität der Pfiffe gegen Frau A. S. und ihre Politik erreicht einen Lautstärkepegel wie vor einem Axl-Rose-Konzert, wenn der Künstler wieder einmal zu lange auf sich warten lässt. Ein paar Halbstarke, die auf das Brettergymnasium gehen, machen sich ebenfalls über die Schüler lustig, die für ihre Rechte kämpfen.

Die Schüler machen während ihres Demozuges ab und zu Pause und setzen sich auf die Straße. Kein einziger dieser Halbstarken würde sich so etwas trauen. Hut ab, ihr Schüler. »Mutter Courage« würde euch vor ihren Karren spannen.

Eine blonde Sexbombe kommt Mauritz entgegen. Sie schaut dumm aus der Wäsche, als sie das Banner mit dem Spruch »Hände weg vom Abitur« liest. Diesen Satz kennt sie nur in abgewandelter Form. Ihr Freund, der Finanzfuzzi mit dem Händchen fürs Aschemachen, sagt immer »Hände hin zu meinem edlen Spender« zu ihr.

Die Demo ist aus. Hey, Schüler, ihr habt vieles richtig gemacht, und nicht alle lieben euch dafür. C'est la vie.

Mauritz redet kurz mit der Leaderin und drückt seine Bewunderung, stellvertretend für alle, aus.

Er schenkt ihr ein selbstverfasstes Gedicht, das er aus der Tasche zieht, und geht zum Bahnhof. Am Rande der Königstraße stehen ein paar Punks. Mauritz hat manchmal Gefallen an ihren Sprüchen auf dem Rücken. Dieses Mal ist einer davon bei weitem zu heftig. »Freedom is as good as a stone on a policeman's head.« Das ist einfach nur dumm. Strohdumm sogar. Die Polizisten haben dafür gesorgt, dass die Schüler ihre Demonstration durchführen konnten. Außerdem kennt Mauritz viele nette Polizisten, die sogar morgens ABC-Schützen über die Straße begleiten. Sucht euch andere Hassobjekte. Vielleicht euren unfähigen Vater oder eure triebhafte Mutter, die wie eine Weltmeisterin mit zahllosen Männern in der Gegend herumgemacht hat, anstatt euch vernünftig zu erziehen.

Im Zug nach Hause sülzt ein gut gekleideter Nachwuchsbanker seine Kollegin voll. Es sind immer dieselben Typen. Sie drücken der Kollegin, die ein halbes Jahr nach ihnen ihre Ausbildung begonnen hat, ihren Wissensvorsprung aufs Auge, in der Hoffnung, das aufmerksam zuhörende und brav nickende Mäuschen eines Tages flachlegen zu können.

In W. angekommen, begegnet Mauritz dem Erotikfilmstar Cathy Cockburn. Eigentlich heißt sie Michaela Müller und kommt aus einem 400-Seelen-Kaff im Rheinland. Sie macht auf ihrer Promotiontour auch Halt in Mauritz' Heimat und wird am Abend in einem Erotikshop in W. ihre Show abziehen. Als sie halb nackt mit ihrem Werbeschild in der Hand wie ein Nummerngirl beim Boxkampf an ihm vorbeiläuft, zückt Mauritz blitzschnell sein DIN-A-4-Blatt, das er immer bei sich trägt. »Stop using sex as a weapon.« Obwohl es etwas vergilbt ist, kann Cathy Cockburn es lesen. Sie lächelt und läuft stolz an Mauritz vorbei. Sie ist ein Star. Was schert sie die »Kritik« eines Jungintellektuellen. Mauritz wollte eh nur einen Spaß machen. Schließlich schaut er ja auch Erotikfilme. Zwar keine mit Cathy Cockburn, aber welche, in denen schöne skandinavische Mädchen mitspielen, die Ane Anus oder Trixy »Triple« Svensson heißen.

Wenn Mauritz nicht bald Katja wieder sieht und sich für seine Dummheit im Café entschuldigt, wird er so schnell nicht von diesen medialen weiblichen Appetit-Happen loskommen. Trotzdem schön, dir begegnet zu sein, Cathy Cockburn, auch wenn du kein Erotikstar bist, denkt Mauritz. Porno hat nichts mit Erotik zu tun. Es ist nur geiler Sex ohne Gefühle. Das ist alles.

Mauritz betritt seine Wohnung. Schuhe aus, Glotze an, Irgendetwas Essbares im Kühlschrank finden und ein dunkles Weizenbier an der Tischkante aufmachen. Wieder ein Tag vorbei. Einer von den vielen, die Mauritz noch durchstehen muss, um dem Licht am Ende des Tunnels näher zu kommen.

Heute ist der Tag, an dem es die BUNTE im Zeitschriftenfachgeschäft gibt. Mauritz geht rein und schaut sich erst einmal um. Die Zeitschriftenfrau kommt ihm verdächtig nahe. Die BUNTE hat er schon gefunden, jetzt sucht er nach der richtigen Fernsehzeitschrift. Sie meint, ihm die billigste empfehlen zu müssen. Es wundert ihn, dass auf der billigsten Fernsehzeitschrift Stuttgarts schönster Mann, Walter Sittler, vorne drauf ist. Die Frauen stehen auf ihn. Vor allem seine Kollegin, Frau Millowitsch, schwärmt von ihm, als ob sie in den Genuss gekommen wäre, seine Geliebte zu sein.

Mauritz möchte sowieso eine Fernsehzeitschrift mit schönen Frauen vorne drauf haben. Veronica Ferres, Tina Ruland oder seinetwegen Angelina Jolie. Er hat auch als etwas finanzschwacher Schriftsteller Anspruch auf eine teure Fernsehzeitschrift mit Niveau.

TV SPIELFILM will er haben.

Die dicke Zeitschriftenfrau wollte ihm die billige nur andrehen, weil sie der Meinung ist, dass er als angeblich Arbeit Suchender sparen sollte.

Mauritz geht und wünscht ihr scheißfreundlich einen schönen Tag. Eine Frau wie sie sollte man in ein Spaceshuttle sperren und ins All schießen. Dort könnte sie dem nächsten Amerikaner, der seine Footprints auf dem Mond hinterlässt, die Times verkaufen. Auf dem Mond könnte sie mit ihm aus zweierlei Gründen nicht über andere sprechen. Erstens kann sie kein Wort Englisch und zweitens gäbe es keine andere.

Mauritz liest die BUNTE. Ist ein nettes Foto von Anke Engelke drin. Er mag Anke Engelke sehr, natürlich auch nette Fotos von ihr. Dieses Mal ist sie nicht auf Rosen gebettet, sondern sitzt, wie eine Ansagerin des ZDF, mit einem glitzernden Teil bekleidet, auf einem Stuhl. Ihre Beine, die in der Gesamtausgabe spitze aussehen, sind fototechnisch bedingt an den Oberschenkeln abgeschnitten. Schade eigentlich, wo sie so schöne Beine hat.

Bei den mächtigsten Frauen Deutschlands sitzt Angela Merkel auf dem Thron, gefolgt von Sabine Christiansen. Die Liste bietet noch mehr Aufschluss. Alice Schwarzer ist auch mächtig. Auch Stuttgarts Kultusfrau A. S. ist platziert, obwohl die Schüler sie bei ihrer Demo verbal nach Hause geschickt haben. Kommentar so überflüssig wie ein Lenor-Weichspüler.

Maybrit Illner ist aufgelistet. Geht in Ordnung. Sigrid Löffler auch. Geht auch in Ordnung. Tina Theune-Meyer ist auch dabei, auch wenn sie bald von Silvia Neid beerbt wird. Endlich einmal eine sympathische Frau mit Doppelnamen.

Mauritz findet es schön, dass Gabi Bauer, Doris Dörrie und Maria von Welser vertreten sind. Gabi Bauer lässt ihn gut informiert einschlafen, Doris Dörrie macht gute Filme und schreibt noch bessere Bücher und wenn Maria von Welser seine Mutti wäre, dann hätte sein Exchef nichts mehr zu lachen.

Hera Lind ist auch in der Liste aufgeführt. An letzter Stelle. Sie ist eine schöne intelligente Frau mit unglaublich erotischer Ausstrahlung, Arzttochter aus Bielefeld, und schreibt einen Bestseller nach dem anderen. Diese Art von Macht findet Mauritz schön, weil sie viel Natürliches in sich birgt und nichts Besitzergreifendes hat.

Als Schriftsteller ist Mauritz heute wieder so untauglich wie einer, der bei der Bundeswehr ausgemustert wurde. Das leere Blatt Papier nicht mit Buchstaben füllen zu können ist der Alptraum eines jeden Autors. Mauritz ist mal gespannt, wie lange seine Schreibhemmung noch anhält.

Er legt sich ins Bett und hofft vergeblich auf Inspiration. Beim Versuch, sich mit dem Film »Betty Blue«, nach dem Roman von Philippe Djian, in dem es um einen Schriftsteller geht, dem der Erfolg noch nicht beschieden ist, zu trösten, schläft er ein.

Am Abend schaut er Kerner. Aus ihm wird Mauritz nicht ganz schlau. Ist er wirklich so nett, wie er rüberkommt, oder steckt da ein Marketingkonzept dahinter? Ohne Ellenbogeneinsatz erscheint es Mauritz nahezu unmöglich, die vielen Millionen an Jahresgehalt zu bekommen. Egal. Johannes Baptist Kerner stellt seinen Gästen gute Fragen, ist in weiten Teilen investigativ, und darauf kommt es an. Deutschlands mächtigste Frau, Angela Merkel, ist zu Gast. Ihr bayerisches Pendant, Edmund Stoiber, ist auch mit von der Partie. Peter Maffay ist auch da. Er sitzt daneben und hört aufmerksam zu. Sein distanziertes Lächeln zeigt an, dass er auf der anderen Seite ist. »Steh auf« ist seine Botschaft, auch an Mauritz.

Manchmal wünschte sich Mauritz, nicht so eine wohlbehütete Jugend gehabt zu haben. Er musste nicht für so viele Dinge kämpfen. Seine Eltern waren gut situiert, und in der Schule, auf dem Gymnasium, hatte er durchschnittliche Noten.

Maria Furtwängler ist der letzte Gast der Sendung.

Sie berichtet von ihrem vielseitigen Leben. Ihr Engagement für Kinder in der Dritten Welt imponiert Mauritz. Als Ärztin ist sie bestimmt sehr gut, von ihrer Schauspielkunst ist er noch nicht vollkommen überzeugt. Die große Schwester aus »Die glückliche Familie«, noch eine Vorabendserie und noch eine.

Vielleicht sollte sie mal die Serienschiene verlassen, vorausgesetzt, dass andere Angebote da sind. Mauritz würde sie gerne in einer Neuverfilmung von Thomas Manns »Tod in Venedig« sehen. Sie könnte die Mutter von Tadzio spielen. Maria Furtwängler ist ebenso schön wie Silvana Mangano.

Freitags gibt es in Kliniken immer Fisch. Wäre Mauritz jetzt nur in einer Klinik, dann käme er in diesen Genuss. Stattdessen isst er wieder einmal seine Single-Spaghetti. Gut einen halben Liter Wasser und nach Belieben ein Stückchen Butter in einem Topf erwärmen. Den gesamten Beutelinhalt dazugeben (Nudeln müssen mit Flüssigkeit bedeckt sein). Zum Kochen bringen und offen bei mittlerer bis starker Wärmezufuhr ca. 5 Minuten kochen, bis die gewünschte Sämigkeit erreicht ist. Dabei gelegentlich umrühren. Alles klar? Diese Kochanleitung hängt wie ein Damoklesschwert am Schranktürchen über seiner Kochnische.

Sie ist sein Überlebenselixier, erinnert ihn auf der anderen Seite auch daran, seine Kochkünste zu erweitern.

Nach dem Mittagessen ein kleines Schläfchen. Und dann »Streit um Drei« als Mitschnitt aus vergangenen Tagen schauen. So viele selbstherrliche Arschgeigen auf einem Haufen – eine Sternstunde an überflüssigen TV-Rechtssendungen. Die Gerichte, die es in der Realität gibt, sind gut und richtig. Deutschland braucht Recht und Ordnung und natürlich Gesetze. Diese angeblich realen Fälle im Fernsehen sind jedoch zum Lachen. Mauritz lacht gerne, und deshalb schaut er sich die eine Sendung, die er mitgeschnitten hat, zum x-ten Male an.

Fall Nr. 1:
Ein Weinhändler lässt seinen Mitarbeiter, um mehr Umsatz zu machen, mit den Kunden saufen. Als er merkt, dass der Mitarbeiter Alkohol trinkt, wirft er ihn raus. Blödmänner dürfen jetzt schon Läden eröffnen. Das ist Mauritz nichts Neues. Einen Handelsregistereintrag bekommt schließlich jeder hin, und Geld hat die Bank.

Der Kläger mit der »Lizenz zum Saufen am Arbeitsplatz« bekommt recht. Er kann gar nicht entlassen werden, wenn der Chef ihm erlaubt, bei der Arbeit ein Glas Wein nach dem anderen zusammen mit den Kunden zu trinken.

Fall Nr. 2:
Eine Putzfrau mit Migrationshintergrund ist von der Leiter gefallen. Sie hat sich so schwer dabei verletzt, dass sie zwei Monate nicht arbeiten konnte. Ihr Chef ist Aktionskünstler und die Putzfrau hat fälschlicherweise die angesägte Leiter benutzt, die ein Kunstwerk darstellte. Unwissenheit trifft auf Durchgeknalltheit. Eine besonders reizvolle Mischung. Als herauskommt, dass die Putzfrau illegal beschäftigt ist, wird Mauritz

klar, dass sie den Rechtsstreit gewinnen wird. Die ganze Zeit hat er sich schon gefragt, warum bei solch einem Fall nicht die Berufsgenossenschaft bezahlt. Der durchgeknallte »Möchtegern-Beuys« kommt mit einem blauen Auge davon. Die Putzfrau ist glücklich. Ihre Unwissenheit hat gesiegt. Als Putzfrau muss sie keine Leiter von einem Kunstwerk unterscheiden können und bekommt dafür insgesamt 800 Euro. Bravo. Bravissimo.

Die beiden sind vor der Gerichtstüre plötzlich total nett zueinander. Wahrscheinlich werden sie am Kunstwerk ein »Versöhnungsschäferstündchen« halten. Der Künstler wird bei einer Auktion etwas von der berühmten ranzigen Butter eines Aktionskünstlers ersteigern, damit die Mumu der Putzfrau etwas gleitfähiger machen und sie verwöhnen. Damit wäre »Der letzte Tango von Paris« wieder up to date, und der Niveauunterschied zwischen einem Künstler und einer Putzfrau ist in etwa so groß wie jener zwischen Marlon Brando und Maria Schneider.

Mauritz schaltet die Kiste wieder ab. Er träumt davon, schön Liebe zu machen. Vielleicht mit Katja?

Es ist Samstag und Mauritz beschließt, in eine Stuttgarter Diskothek zu gehen. Als er drin ist, sieht er von weitem Katja. Mit diesem Studenten, dessen Namen er vergessen hat. Sie sieht ihn auch. Die beiden scheinen gerade eine Tanzpause einzulegen, sitzen auf einem Sofa und trinken einen Cocktail.

Mauritz geht auf sie zu und begrüßt beide freundlich. »Hallo, Mauritz, schön, dich zu sehen«, sagt Katja. Stefan bietet ihm den Platz neben sich an.

Mauritz setzt sich neben ihn. Er ist nett und fragt ihn konkrete Dinge. Katja habe ihm erzählt, dass er Schriftsteller sei. Er interessiere sich als Germanistikstudent für »solche außergewöhnlichen Menschen«.

Wenn Mauritz Lust hätte, dann könnte er ihn ja mal in seiner Stuttgarter Altbauwohnung besuchen. Voraussetzung sei allerdings, dass seine Freundin Ulrike nicht da sei. Sie hätte überhaupt kein Interesse an Literatur. Sie studiere Architektur.

Moment mal, denkt Mauritz. Die Frau, die er kennengelernt hat, heißt Katja. Er kombiniert, was nicht mehr nötig ist. Plötzlich taucht eine gut aussehende junge Frau aus dem Tanzflächennebel auf und setzt sich zu ihnen aufs Sofa.

»Hallo, ich bin die Ulrike«, begrüßt sie ihn.

»Hallo, ich bin der Mauritz. Und du bist dann die Freundin von …«

»Stefan. Ganz recht. Das ist mein großer, Germanistik studierender Goldschatz, und ich würde ihn gegen nichts auf der Welt eintauschen«, sagt sie, umarmt Stefan und gibt ihm einen dicken Schmatz auf den Mund.

»Hast du Lust, mit mir zu tanzen?«, fragt Katja Mauritz.

»Und wie«, sagte Mauritz.

Sie tanzen. Sie bewegt sich phantastisch zum Groove der Musik. Mauritz kann Tanzen noch schlechter als Kochen. Aber er traut sich. Das ist entscheidend. Die Musik ist große Klasse. In dieser Disco tanzt man auf Stereo Mcs und andere artverwandte geile Bands.

Der Abend verläuft bestens. Ulrike und Stefan verabschieden sich von Mauritz und Katja, die Mauritz darum bittet, sie nach Hause zu begleiten. Mauritz jubelt innerlich. Vor der Türe bedankt sie sich bei ihm, sagt, dass sie furchtbar müde sei, und er nicht böse sein soll, wenn sie ihn nicht mit nach oben nimmt. Falls er Lust hätte, mit ihr kommende Woche eine Tropfsteinhöhle zu besuchen, so solle er sich melden.

Mauritz kommt sich vor wie in einem gut inszenierten Film, mit logisch aufgebauten Handlungssträngen. Katja interessiert sich für Tropfsteinhöhlen, und er dachte, er müsste dort mit einem Fuchs als Begleiter enden.

»Ich möchte die Zivilisation wenigstens mal für einen Tag hinter mir lassen«, sagt sie und drückt ihm einen Kuss auf die Wange.

Mauritz platzt beinahe vor Freude. Mit dieser Katja wird alles möglich sein, denkt er. Bauernhof und Hühner züchten ebenso wie ein kinoexternes Remake der Blauen Lagune oder Rulaman und Rulafrau in einer Tropfsteinhöhle.

Mauritz befindet sich tatsächlich mit Katja, seinem großen Schwarm, in der Sontheimer Höhle. In Katjas Höhlenführer stehen die Fakten. Führungsdauer: 20-30 Minuten. Führungsweg: 192 m. Gesamtlänge: 250 m. Parkplatz. Imbisshütte (ganz wichtig; Anmerkung von Mauritz). Verkaufskiosk (noch wichtiger; Anmerkung ebenfalls von Mauritz). Grillplatz (nicht relevant, »Ich hasse Grillen«; Anmerkung von Katja). Spielplatz (unwichtig für uns, Katja und Mauritz haben keine Kinder; Anmerkung von Mauritz' Verstand).

Sie müssen die Höhle, zusammen mit den anderen Besuchern, durch ein großes Portal betreten. Von dort aus steigen sie auf einer Treppe über eine steile Halde zum eigentlichen Höhleneingang hinab. Katja wird, obwohl höhlenerfahren, ganz mulmig. Sie hält sich an Mauritz fest, was ihm sehr angenehm ist. Bis zur Hälfte der Strecke ist die Temperatur noch ganz angenehm, aber dann wird es schlichtweg arschkalt. Obwohl sie dicke Jacken anhaben, frieren sie wie Schlosshunde. Katja kuschelt sich ganz eng an Mauritz, legt ihre Arme um seine Schultern. Mauritz legt seine Arme ebenfalls um ihre Schultern.

Sie schauen sich an. Sie lächeln. Sie küssen sich. Schauen sich ernst an. Lächeln wieder. Küssen sich nochmals und laufen weiter.

In der Imbissbude isst Mauritz mit Katja eine Currywurst. Eine exzellentere hat sie noch nirgends gegessen. Am Höhlenausgang flutet das Licht.

Sie fahren zurück nach Stuttgart. Katja sagt ihm, dass sie ihn jetzt öfters sehen mag. Mauritz sagt ihr, dass er nichts dagegen einzuwenden habe, und küsst sie heftig.

Sie verabschieden sich voneinander. Mauritz ist sehr glücklich. Nach langer Zeit wieder einmal. Er glaubt, seine Einsamkeit durch Katjas Anwesenheit besiegen zu können. Könnte ein Trugschluss sein. Mal sehen.

Nach dem Besuch der Tropfsteinhöhle beschließt Mauritz, zum ersten Mal in seinem Leben Blutspenden zu gehen. Er kommt da an und wundert sich, dass ganz viele Menschen dasselbe vorhaben. Es gibt noch mehr Mutige, denkt er.

Mauritz bekommt einen Blutspenderausweis. Man möchte, dass er regelmäßig kommt.

Als er in den großen Saal eintreten darf, kommt er sich vor wie in einem Lazarett. Überall Betten. Menschen liegen drauf und halten ihren Arm in einer ganz bestimmten Position. Mauritz kommt an die Reihe. Eine nette und sehr attraktive Ärztin sticht mit der Nadel in seinen Arm und holt die rote Flüssigkeit heraus.

Spende Blut, rette Leben. Der Grund schlechthin, warum es Mauritz macht.

Nach dem Blutspenden gibt es etwas zu essen. Einige hauen rein, als ob sie tagelang nichts mehr zu essen gehabt hätten.

Mauritz geht nach Hause. Er kann zufrieden sein. Er hat Katjas Herz erobert und ein paar Leben gerettet. He's the hero of the day. Jetzt muss er nur noch Katja vom Bauernhof überzeugen. Dann ist die Sache geritzt.

Am Abend schaut Mauritz sich das legendäre Kinski-Interview auf Video an. Nachdem er weiß, dass er ein großer Schauspieler und Rezitator war, muss er für sich herausfinden, ob er auch ein großer Talkgast war.

Die Talkshow heißt »Je später der Abend«. Gastgeber ist Reinhard Münchenhagen. Gäste sind Klaus Kinski und Manfred Krug. Krug wird zur Randfigur. Kinski zum Hauptact des Abends. Münchenhagen ist nicht unintelligent, aber er kann Kinski einfach nicht das Wasser reichen.

Höhepunkt des Gesprächs ist Kinskis Streit mit einem Mann aus dem Publikum. Dieser Mensch will nur mal ins Fernsehen kommen und mischt sich ins Gespräch zwischen Münchenhagen und Kinski ein. Kinski fühlt sich zu Recht gestört. Er stellt den Störenfried in ein Eck, wo er hingehört.

»Das Publikum hat nicht das Recht zu stören«, sagt er.

Wo er recht hat, da hat er recht.

Münchenhagen scheint Kinskis deutlichen Worten nicht ganz folgen zu können. Er ist ein Journalist, der sein Bestes gibt, mit Kinski jedoch nur eins gemeinsam hat: Er hält ebenfalls eine Zigarette in der Hand. Rauchen kann Kinski auch besser. Nach dieser Talkshow, die im Rahmen des Erträglichen endet, wird Mauritz eines klar: Kinski war professionell. Und Kinski war ein Großer seiner Zunft.

Später werden sie ihn zu den 20 besten Schauspielern aller Zeiten wählen.

»Beckmann« und »Kerner« sind die Talkshows der Gegenwart. Mauritz schaut sie sich gerne an. Noch gerner, wenn jemand wie Tatjana Patitz zu Gast ist.

Um 0.50 Uhr kommt »Der Mann in der Schlangenhaut«, eine Literaturverfilmung nach Tennessee Williams mit Marlon Brando, Anna Magnani und Joanne Woodward in den Hauptrollen.

Brando spielt die Rolle des Val, der genug hat von seinem Leben als Musiker. Er wird in einem Dorf sesshaft, nachdem er bei einer lebenshungrigen Ladenbesitzerin Arbeit gefunden hat. Deren Mann ist nicht nur schwer krank, sondern auch schwer frustriert, als er merkt, dass die beiden ein Verhältnis miteinander haben.

Joanne Woodward, die Ehefrau von Paul Newman, spielt eine alkoholsüchtige Blondine aus gutem Hause, die keinen Anstand hat. So etwas soll es geben. Die Magnani ist brillant. Sie verkörpert in nahezu jedem Film die Frau, die im Leben steht und weiß, was es heißt zu leben.

Immer, wenn Mauritz Filme mit ihr sieht, geht auch ein erotischer Reiz von ihr aus. Sie ist keine Schönheit gewesen. Ganz bestimmt nicht. Aber sie war eine Vollblutfrau. Mauritz hätte an Brandos Stelle auch Sex mit ihr haben wollen.

Wie der Film endet, bekommt Mauritz leider nicht mehr mit. Er ist eingeschlafen. Nicht wegen der Qualität des Films. Er war einfach nur müde und hat ihn nicht mehr gepackt.

Den Fernseher konnte er noch vorher ausschalten. Diesen Respekt wollte er diesem hervorragenden Film erweisen. Bei manchen Menschen, die vor dem Fernseher einschlafen, ist es in den meisten Fällen so, dass sie von mittags 12 Uhr bis spät in die Nacht hinein jeden Scheiß konsumieren. Da sie auf Scheiß stehen, müssten sie eigentlich auch dem Scheiß gegenüber Respekt zollen. Dieses Niveau kann man nicht erwarten von Menschen, die auf Scheiß stehen.

Da Katja studieren muss und Mauritz sie heute nicht mehr sehen kann, geht er wieder nach Stuttgart und beobachtet Menschen. Er macht das sehr gerne, um endgültig zu begreifen, dass Menschen so unterschiedlich sein können, dass die einzige Gemeinsamkeit darin besteht, das ABC zu beherrschen.

Mauritz fällt so manches auf. Es ist schön, dass

Frauen mit großen Brüsten, um diese zu betonen, Strickpullover tragen. Ein Typ läuft über die Königstraße und redet mit sich selbst. Seine letzte Art von Kommunikation. Bedauernswert, wie die Gesellschaft Menschen ausgrenzt. Ein wohlbeleibter Manager, dessen Körperfülle nicht mehr in den Nadelstreifenanzug passt, erweist sich als öffentlicher »Handyterrorist«.

Auf der Königstraße verkauft eine Frau Ledergürtel. Mauritz würde ihm damit gerne den Hintern versohlen. Wahrscheinlich hätte er noch Spaß daran, weil er das abends sowieso mit sich machen lässt.

Typen mit Ziegenbärtchen erinnern Mauritz an schwachsinnige Heimatfilme. Wo ist Heidi mit dem Dirndl, die zum Ziegenpeter passt? Das ist die einzige sinnvolle Frage in diesem Zusammenhang. Heavy-Metal-T-Shirts sind schon seit Ende der 80er Jahre out. Manche werden das niemals kapieren.

Plötzlich erkennt Mauritz eine Gruppe von singenden Menschen. Sie singen und singen, und Mauritz denkt, dass sie von der Heilsarmee sind und ihn davor bewahren wollen, schönen Frauen nachzuschauen.

Neben ihm sitzt eine schwarze Frau. Sie ist sehr auf Beachtung aus. Ihre Beine sind ein Blickfang. Mauritz schenkt ihr Beachtung. Nicht ganz uneigennützig natürlich. Als sie ihr Schminkset bemüht, um sich neu zu stylen und im kleinen Spiegel prüft, ob noch alles in Ordnung ist, findet Mauritz das übertrieben.

Ein Typ greift sich an den Kopf, als wolle er prüfen, ob seine Frisur stimmt. Er hat eine Glatze. Reality bites. Es gibt dennoch Wichtigeres, als ein paar Haare auf dem Kopf zu haben. Etwas drin zu haben beispielsweise.

Ein Paar stellt sich vor Mauritz hin und küsst sich. Sie wollen ihm und den anderen ihr Glück zeigen. Mauritz glaubt es ihnen gerne. I wanna kiss kiss kiss, when the sun shines. Mauritz' Sonne ist noch nicht am Horizont. Sie ist dabei aufzugehen. Er vermisst Katja.

Paaren mit großem Altersunterschied merkt man die Unsicherheit an. Vor allem, wenn sie sich noch nicht lange kennen.

Zwei alte Menschen, die bestimmt 60 Jahre miteinander verheiratet sind, laufen händchenhaltend über die Königstraße. Sie haben den Link noch, von dem andere nur noch reden. Bei ihnen ist nichts nur leere Phrase oder haltloses Lippenbekenntnis. Bis zum Ende. Es gibt durchaus auch sympathische Rentner.

Drei Typen mit Hunden kommen an der Treppe vorbei, auf der Mauritz sitzt. Die Hunde bekommen am meisten Beachtung. Manchmal ödet Mauritz dieser Kampf am »Beachtungsnapf« regelrecht an. Kommt nichts weiter dabei heraus als Hass und Neid und als mögliches Endprodukt Krieg.

Menschen laufen von A nach B und tun oder unterlassen Dinge. Das ist die Quintessenz seines halbstündigen Aufenthalts auf der Treppe. Kann das Leben so banal sein? Mauritz ist der erste Schriftsteller, der sich diese Frage stellt. Andere Menschen stellen sich diese Frage nicht, weil sie Angst davor haben.

Zurück in W. ruft Mauritz Katja an. Sie fragt ihn, ob sie sich sehen können. Mauritz freut sich. Gleichzeitig hat er etwas Bammel davor, sich auf eine Frau einzulassen. Dafür muss er seinen Kokon verlassen und das bedeutet Verletzungsgefahr. Wenn er in seiner Schutzhülle bleibt, wird sich nichts an seiner Einsamkeit ändern.

Also macht er es wie einer, der über glühende Kohlen läuft. Die Möglichkeit, qualmende Füße zu bekommen, schließt er mit ein. Die Chancen stehen fifty fifty.

Mauritz trifft sich öfters mit Katja. Sie gehen Eis essen, ins Kino, tanzen barfuß im Regen, tun all die schönen Dinge, die Spaß machen. Nach ein paar Wochen sagt ihm Katja, dass sie ihn nicht verletzen möchte, aber … Sie braucht gar nicht weiterzureden. Mauritz reicht wieder einmal nicht aus.

Sie sagt es ihm während eines Spaziergangs, an dessen Ende er ihr eigentlich »Only wanna be with you« von Hootie&The Blowfish vorspielen wollte.

»Geh einfach und lass mich alleine«, sagt Mauritz.

Katja bietet ihm ihre Freundschaft an. Das ist so, wie wenn man sich auf ein kühles Blondes freut und einem jemand ein lauwarmes Pils bringt. Da sie keine Anstalten macht, seiner Bitte zu entsprechen, steht er auf und geht.

Mauritz läuft durch die Nacht. Ohne Ziel. Ohne Hoffnung. Wenn ihn morgen eine Frau anmacht, so wird er ihr ritterlich den Fehdehandschuh vor die Füße werfen. Wenn ihm morgen jemand einen gut dotierten Buchvertrag anbietet, so wird er ihn einmal in der Mitte falten, eigenhändig zum Altpapiercontainer bringen und entsorgen.

Für einen Menschen, dessen größtes Lebensziel die Liebe ist, sind Rückschläge so schmerzhaft wie Peitschenhiebe, die man einem gefangenen Piraten in einem Film wie »Herr der sieben Meere« verabreicht.

Man gibt Mauritz wieder Arbeit. In einem Antiquariat, in dem drei Männer arbeiten. Der Chef, Chris, ein liebenswürdiger Engländer und Mauritz. Mauritz ist sozial noch mehr integriert, als er es vorher war. Man kann seinen Sozialstatus nicht nur an einem dotierten Buchvertrag, den er von einem Print-On-Demand-Verlag bekommen hat, festmachen. Man kann ihn auch wieder an einer Lohnsteuergruppe festmachen. Mauritz sitzt in der S-Bahn wieder mitten unter den »Ich-habe-meinen-acht-Stunden-Tag-wieder-hinter-mich-gebracht-und-freue-mich-auf-den-Feierabend-Gesichtern«.

An diesem täglichen »Zirkus« nicht mehr teilnehmen zu müssen, bleibt ihm vorerst vorenthalten. Sie haben ihn wieder von seiner Wolke 7 heruntergeholt. Wenn ein schlechter »Motivationsguru« behauptet, er hätte nicht genug für sein Ziel getan, dann wird er ihm eine schmieren, kurz nachdem er das Wort »getan« gesagt hat. Diesem Verführer, dem nicht einmal mehr die Ratten in Hameln folgen wollen. Schlechte »Motivationsgurus« haben nur Zulauf, weil sie im Leben oft versagt haben und ihre Klienten noch öfter versagt haben.

Gute Motivationstrainer helfen ihren Klienten, ohne sie anzuschwärzen. Sie landen auch nicht hinter schwedischen Gardinen.

Mauritz' Traum vom Bauernhof bleibt. Ob der Name der Frau, mit der das möglich ist, auf Seite 85 oder 124 des Namenslexikons steht, oder ob sie im Moment gerade in Stuttgart auf den Stufen der Treppe sitzt und Bilder zeichnet oder mit Inline-Skates auf einem Highway in den USA unterwegs ist, ist nicht wichtig.

Bis zum Bauernhof zwanzig Jahre Antiquariat und dann kurz vor der Sackgasse rechts abbiegen. Danke schön. Mauritz wird ihn dann schon finden.